ROBERTO BAZLEN · DER KAPITÄN

Roberto ›Bobi‹ Bazlen

DER KAPITÄN

Romanfragment

DAS SCHWEIGEN DER SIRENEN

Ilse Pollack über Bobi Bazlen

Wieser Verlag

Editorische Notiz

Die hier vorliegende Fassung des Textes »Der Kapitän« folgt dem deutschsprachigen Originalmanuskript, wie es dem Wieser Verlag vom Adelphi Verlag, Mailand, zur Verfügung gestellt wurde. Eigenwillige Interpunktion, Orthographie, Grammatik, Satzstellung, Semantik wurden belassen und nur an einigen Stellen, wo es die Lesbarkeit erforderte, behutsam verändert. Einzelne, wenige italienische Wörter und Sätze wurden ins Deutsche übersetzt.

Druck un Herstellung des Buches wurden unterstützt vom
Bundesministerium für Unterricht und Kunst

1. Auflage

Lektorat Luwig Hartinger
Umschlaggestaltung Matjaž Vipotnik
Typografie TextDesign Tripolt, Klagenfurt
Druck Tiskarna Ljubljana

ISBN 3 85129 100 6

DER KAPITÄN

VORSPIEL

Das Haus des Schiffskapitäns war alt und behaglich. Hortensienstöcke standen in den Fenstern, im Käfig sang ein Kanarienvogel, die Frau saß an der Nähmaschine, vor dem Tor spielte ein Hund mit einem Knochen.

Der Schiffskapitän lebte wenig zu Hause. Er war fast immer auf See, und dann saß er allein in seiner großen Kajüte, studierte die Schiffskarten, hantierte mit seinen Meßinstrumenten, las in ausgefallenen Büchern, deren Spur er von Hafen zu Hafen verfolgt hatte, oder er stand auf der Brücke und suchte stundenlang mit seinem Fernrohr den Horizont ab. Kam er in einen Hafen, den er noch nicht kannte – aber wie wenige waren es! –, ließ er sich ziellos treiben, plauderte mit den Fischweibern am Markt, kostete unbekannte Weine in unauffälligen Schenken, wühlte in dunklen, verwinkelten Gassen in verstaubten Trödelläden herum. Kehrte er an Bord zurück, hatte er alles gesehen, hatte sich alles gemerkt, hatte sich zu allem das Seine gedacht, und in der Kajüte öffnete er die Pakete mit den Pflanzen und Steinen und Büchern und Weinflaschen und Schnitzereien. Aber irgendwie war es nie ganz das Richtige, er wurde immer unruhiger. Und da überfiel ihn manchmal eine plötzliche Sehnsucht nach seiner Frau und nach dem Leben zu Hause; aber zu Hause angelangt, küßte er seine Frau, streichelte den Hund und hörte sich geduldig an, was sich alles während seiner Abwesenheit zugetragen hatte; sein Blick aber schweifte ungeduldig zum Fenster hinaus, und sein Mund wurde hart, wenn auf dem Meer, weit draußen, die Schiffe vorbeizogen. Und immer wieder stand er an seinem Tisch vor dem Globus und drehte ihn langsam herum.

Einmal war er länger als gewöhnlich auf See gewesen. Als er nach Hause kam, gab ihm seine Frau einen Kuß, und ihr Atem duftete. Dann sagte sie lächelnd: »Ich habe lange auf dich warten müssen. Ich habe dir inzwischen eine rote Hose genäht; ich will sie dir zeigen«, und ihre Stimme war hell.

Der Kapitän war immer sehr höflich. Er dankte seiner Frau und warf einen Blick auf die Hose. Bei sich aber dachte er: – Meine Frau versteht mich nicht. Ich bin ein Schiffskapitän, meine Kajütenkoffer sind zum Bersten gefüllt mit perfekt gebügelten Uniformen, weiße für den Sommer, blaue für den Winter, und hier im Schrank hängt mein schwarzer Anzug, den trage ich bei Hochzeiten und Beerdigungen. Was soll ich denn mit einer roten Hose anfangen? – Er sperrte die rote Hose in die schwarze Truhe, es war ihm nicht ganz behaglich, und er drehte langsam den Globus herum.

Am nächsten Tag sagte er seiner Frau einige passende Worte, gab ihr einen hastigen Abschiedskuß, fuhr schleunigst davon. Und er blieb noch viel länger auf See als das vorhergehende Mal.

Jetzt saß die Frau nicht mehr an der Nähmaschine. – Warum soll ich nähen, sagte sie sich, er hat die

Hose nicht einmal richtig angeschaut, er hat sie gleich in die schwarze Truhe gesperrt, und ich hatte mir so viel Mühe gemacht. Er versteht mich nicht mehr. – Sie öffnete die Truhe, streichelte die Hose und war ganz traurig. Der Tag war leer, sie kramte in der Truhe herum und fand eine Kiste Zigarren. Da dachte sie trotzig: – Er will meine Hose nicht tragen, so will ich ihm seine Zigarren rauchen. – Und sie zündete eine Zigarre an, lehnte im Fenster, und paffte schwarzen stinkenden Rauch gegen das Meer, das nach Salz duftete.

Um diese Zeit war der Einäugige in die Stadt gezogen. Er kam am Hause des Schiffskapitäns vorbei, schaute mit seinem einen Auge zu der Frau im Fenster hinauf, und sagte: »Frauen, die Zigarren rauchen, spielen auch Karten!« – »Jawohl«, antwortete die Frau, »komm nur herauf, wir wollen zusammen spielen«. Und bald saßen sie Tag um Tag beim Spiel, die Frau gewann und rauchte Zigarren, der Einäugige verlor und war sichtlich zufrieden.

Als der Kapitän nach langer Zeit zurückkehrte, gab er seiner Frau einen Kuß, aber ihr Atem duftete nicht mehr, und ihre Stimme war heiser geworden. – Meine Frau ist mir ganz fremd geworden, dachte der Kapitän bei sich, aber er sagte kein Wort und war weiterhin höflich wie immer. Nur fuhr er noch schleuniger weg und blieb noch viel länger auf See als das vorhergehende Mal.

Einmal, in der Hafenspelunke, erzählte der Einäugige dem Blatternarbigen von der Frau des Schiffskapitäns. »Bring' sie doch herunter«, sagte der Blatternarbige, »Frauen, die Zigarren rauchen und Karten spielen, trinken auch Schnaps.« Und bald saß die Frau Tag um Tag in der Kneipe, rauchte Zigarren und spielte Karten, wankte spät abends betrunken nach Hause zurück und lag am Vormittag faul im Bett.

Als der Kapitän endlich zurückkehrte, waren die Hortensienstöcke in den Fenstern verwelkt. Er gab trotzdem seiner Frau einen Kuß, aber ihr Atem stank nach Tabak und nach Schnaps, und ihre Stimme war ganz rauh. Er dachte bei sich: – Diesmal kann ich ihr nicht einmal aus Höflichkeit einen Abschiedskuß geben, – und er fuhr gleich wieder weg und blieb noch viel länger auf See als das vorhergehende Mal.

Am Nebentisch in der Spelunke saß einmal ein fremder Mann. Er rauchte nicht, er spielte nicht, er hatte eine Flasche Mineralwasser vor sich und war in ein Bilderheft vertieft; hie und da, in langen Abständen, wendete er ein Blatt, schaute zu den dreien hinüber, räusperte sich und trank einen Schluck Mineralwasser. Als er die Flasche geleert hatte, klappte er das Heft zu, räusperte sich, und sagte: »Frauen, die Zigarren rauchen und Karten spielen und Schnaps trinken, gehen auch mit Einbeinigen ins Bett.« – »Jawohl«, sagte die Frau, und musterte ihn sachlich und erwartungsvoll, »ausschließlich mit Einbeinigen.« – »Abgemacht«, sagte der fremde Mann. – »Abgemacht«, sagte die Frau, und da stand auch schon der fremde Mann langsam und umständlich auf, und sein Stelzbein reichte nicht nur bis zum Knie, sein Stelzbein langte bis in den Bauch hinein. Diesem Anblick konnte die Frau nicht widerstehen. Gebannt sprang sie auf, besinnungslos packte sie ihn an der Hand und zerrte ihn gierig gegen die Türe der Hinterstube; der Einbeinige fiel fast um. »Unbeholfen bist Du auch noch!«, grölte sie mit ihrer heisersten Stimme, und schon hatte sie die Türe zugeworfen. Der Einäugige und der Blatternarbige wollten ihnen nach und begannen gegen die Türe zu hämmern, aber der Wirt stellte sich davor und rollte fürchterlich mit den Augen, und sie zogen sich kleinlaut und murrend zurück. Das Bilderheft war auf dem Tische liegen geblieben. Sie öffneten es, blätterten darin herum, und schon hatten sie sich hurtig nebeneinander gesetzt, hämmerten auf den Tisch und bestellten wichtig eine Flasche Mineralwasser; dann schauten sie sich langsam die Bilder an und kicherten; sonst waren sie die ganze Nacht ganz brav.

Noch einmal kam der Schiffskapitän nach langer Zeit wieder nach Hause zurück. Staub lag auf der Nähmaschine, alle Uhren im Hause waren stehengeblieben, die Glühbirnen durchgebrannt, der Kanarienvogel war gestorben, der Hund an der Kette bellte vor Hunger. Diesmal gab der Kapitän seiner Frau nicht einmal einen Kuß bei seiner Ankunft, er dachte bei sich: – Meine Höflichkeit ist nicht mehr angebracht, und eigentlich müßte ich sie prügeln. Aber schon die ganze letzte Zeit hat sie mich nicht mehr verstanden, und ich bin ein Schiffskapitän und habe meine Schiffskarten und meine Meßinstrumente und meine Bücher, und alle Meere der Welt sind mir offen, was gehen mich ihr stinkender Atem und ihre heisere Stimme und die blauen Flecken auf ihrem Leibe an! – Und er beschloß, nie wieder nach Hause zurückzukehren. Er zog zum letzten Mal alle Uhren auf und packte den schwarzen Anzug ein, der im Kasten hing. – Alles andere soll meinetwegen flötengehen – dachte er; es ging ihn wirklich nichts mehr an.

Nun lebte die Frau Tag und Nacht in der Spelunke. Der Einäugige teilte die Karten aus, der Blatternarbige goß die Gläser voll, der Einbeinige saß ganz still neben ihr, er rauchte nicht, er spielte nicht, hie und da trank er einen Schluck Mineralwasser und zwickte die Frau in die Schenkel. Die Petroleumlampe qualmte, der Wirt stand daneben und rollte bedächtig mit den Augen, ganz fern bellte der Hund vor Hunger. Aber die Frau wollte das Bellen nicht hören, sie wurde ganz wild; und so mußten der Einäugige und der Blatternarbige »Stille Nacht, Heilige Nacht« singen, der Einbeinige schlug den Takt dazu mit seinem Holzbein, der Wirt nestelte mit den Händen in den Hosentaschen und summte in Erinnerungen verloren mit. Er hatte Tränen in den Augen.

Nach langer Zeit verbreitete sich in der Stadt die Nachricht, daß das Schiff des Kapitäns Schiffbruch erlitten habe und daß er mit seiner ganzen Mannschaft ertrunken sei. Zuerst waren es nur vage Gerüchte. Ein Dampfer, der in den Hafen eingelaufen war, hatte in der Nähe einer Koralleninsel Trümmer des Schiffes gesehen und hatte einen leeren Rahmen geborgen, der zwischen vielen leeren Zigarrenkisten herumschwamm. Die Frau erkannte den Rahmen wieder: es war ein vergoldeter Rahmen, den der Kapitän einmal von einer Reise mitgebracht hatte, der dann aber verschwunden war. Nur hatte er im Wasser die Vergoldung verloren.

Auf die Frau machte die Nachricht gar keinen Eindruck. Sie rauchte weiter und spielte weiter und trank weiter und ließ sich weiter zwicken, – nur war sie beim Spiel zerstreuter geworden, sie warf unaufmerksam die Karten hin, wie sie ihr in die Hand kamen, und der Einäugige mußte fast immer gewinnen. Es wurde ihm immer unbehaglicher, und er schaute immer ängstlicher auf die Frau. War das Spiel vorüber und die Frau wankte am Arme des Einbeinigen in die Hinterstube, atmete er erleichtert auf.

Und so spielten sie weniger, und die Frau saß nicht mehr den ganzen Tag in der Spelunke. Zu Hause irrte sie leer und überdrüssig von einer Stube in die andere, sie langweilte sich, sie war nervös, das Bellen des Hundes war nicht auszuhalten. Einmal, sie glaubte wirklich, sie wird wahnsinnig, lief sie hinaus und kaufte Futter für den Hund, und endlich schwieg er. Aber da war plötzlich die Stille noch viel ärger, die Stuben sahen noch verstaubter aus, die Fenster leerer, das Spinnennetz auf dem Käfig grauer, sie wußte nicht einmal, wie spät es war, sie war allein auf der Welt, in der Badestube tröpfelte das Wasser vom defekten Wasserhahn, sie kaufte einen neuen Kanarienvogel. Aber als er sang, wurde sie noch gereizter. Sie zündete eine Zigarre an, lehnte im Fenster, starrte mit leeren Augen auf das Meer hinaus, ein Schiff lief in den Hafen ein, sie dachte bei sich: – Wer weiß, ob einmal ein Schiff seine Leiche zurückbringt, oder die Flut wirft sie an den Strand, ein Schiffbrüchiger mit einem zerfetzten Hemd, sogar den schwarzen Anzug hat er mitgenommen, das war ganz dumm, der hätte ihm am besten gepaßt, angezogen hat er ihn sicher nie, er war in seine Uniformen vernarrt, nur die rote Hose liegt noch da, wenn ich ihm damals wenigstens auch eine rote Jacke genäht hätte; Gott, war die Nähmaschine staubig, als er lebte, wollte er die rote Hose nicht tragen, jetzt ist er tot und wird sie tragen müssen, schließlich ist es nie zu spät; und zum Schluß wird er ganz in Rot begraben, es geschieht ihm ganz recht. – Und sie pfiff vor sich hin. – Daß ich ihm nicht schon damals eine rote Jacke genäht habe, – ging es ihr durch den Kopf, – und nicht nur die rote Hose! Es war zuviel verlangt, daß er die rote Hose zu seinen Uniformen trage –, sie lächelte vor sich hin, – oder zum schwarzen Rock. Ganz unrecht hat er nicht gehabt. Eigentlich war es meine Schuld. –

Und sie saß vor der Nähmaschine und nähte an der roten Jacke, und der Kanarienvogel sang in seinem Käfig, und sie sah ihn vor sich, hochaufgebahrt im roten Kleide, die Orgel dröhnte, die Witwen der Matrosen schluchzten, als sei es ihr eigener Mann. Die Sonne ging unter, sie mußte sich beeilen, was werden sie sich in der Spelunke denken, wenn sie so spät kommt. Schließlich war es doch seine Schuld, warum hat er kein einziges Wort gesagt, er hätte nur den Mund aufzumachen brauchen.

In der Spelunke war es nicht ganz richtig. Man tat zwar so, als sei alles wie immer, aber die Gläser blieben halb leer, der Wirt stand da mit gerunzelter Stirne, der Einäugige war totenblaß, so ununterbrochen hatte er noch nie gewonnen. Es mußte etwas geschehen, und so gab ihr der Einbeinige einen ganz besonders tüchtigen Kniff. Aber sie schaute ihn ganz böse an und sagte schneidend: »Du zerknüllst mir das Kleid!«, so daß alle ganz verlegen wurden. Und so verging die Zeit. Da sagte der Einbeinige unvermittelt, wie um sich zu entschuldigen: »Ich bin nämlich mit einem einzigen Bein geboren, nicht daß Du glaubst, ich sei verunglückt. Ich bin eine richtige Mißgeburt.« Die Frau lächelte höflich.

Plötzlich stieß sie einen gellenden Schrei aus, der allen in die Glieder fuhr, warf die Karten hin, sprang auf den Tisch. Dort, die Röcke fest um ihre aneinandergedrückten Beine gepreßt, zeigte sie auf eine Ratte, die ihren Kopf in den Spucknapf tauchte. Der Wirt lief gleich hinaus und kam mit einem Besen zurück. Alle waren aufgesprungen und begannen erleichtert und dienstbeflissen herumzulaufen. Die Ratte aber lief in die Hinterstube, und so viel man auch die Möbel verschob, dort blieb sie verschwunden. Die vier kamen sehr angeregt heraus, es war ein Erlebnis gewesen, wie man es nicht alle Tage hat, das Eis war gebrochen, jetzt konnte es endlich richtig losgehen. Aber zu ihrer Verwunderung machte die

Frau schon Anstalten wegzugehen. Der Einbeinige zwinkerte ihr zu und wies mit dem Blick auf die Hinterstube, sie aber sagte nur: »Die Ratte ...« und schon war sie an der Türe. Der Blatternarbige war besonders unternehmend und wollte sie zurückhalten. »Nein«, sagte die Frau mit einem Ton, daß sich keiner traute, ihr etwas zu entgegnen, »glaubt mir, heute ist es besser für uns alle, wenn ihr mich jetzt gehen laßt. Morgen ist alles wieder in Ordnung.« Und so ging sie hinaus. Sie kam aber gleich wieder zurück. »Gut, daß ich mich erinnert habe, an den Schirm, den ich vorige Woche hier vergessen habe. Sonst bleibt er weiß Gott wie lange noch hier liegen.« Nahm den Schirm und ging.

Am nächsten Abend war wirklich alles wieder in Ordnung, so wie es die Frau versprochen hatte. Nur dem Wirt war die Ruhe der Frau verdächtig, und vom Schanktisch aus folgte er mißtrauisch und ängstlich allen ihren Bewegungen. Aber eine ganze Woche lang war die Frau wirklich ruhig. Tagsüber nähte sie langsam an der roten Jacke, es war nicht einfach, sie hatte seine Maße nicht, und dazu ist die Leiche sicher auch noch aufgeschwemmt. So nähte sie lieber zu weit, aber es war schade, daß sie sich nie eine Wasserleiche aufmerksam angeschaut hatte. Und am Abend fühlte sie sich sonderbar leicht und zufrieden und war mit den vieren in der Spelunke vergnügt und ausgelassen.

Als die Jacke fertig genäht und sorgsam gebügelt war, öffnete sie die schwarze Truhe, um sie zur roten Hose zu legen. Sie nahm die rote Hose in die Hand, und plötzlich wurde sie ganz fahl: – Nicht einmal einer Leiche konnte man so eine Hose anziehen! Ein Glück, daß er sie nicht richtig angeschaut hatte! Ein Hosenbein war länger als das andere; der Abstand zwischen den Knopflöchern war ungleich; und dazu waren die Knöpfe nicht auf der Höhe der Knopflöcher angebracht; die kleine Uhrtasche am Gürtel hatte sie ganz vergessen; und als ihr der rote Faden ausgegangen war, hatte sie einfach mit schwarzem Faden weitergenäht, es war ihr nicht durch den Kopf gegangen, auszugehen und neuen roten Faden zu kaufen, so andächtig war sie in ihre Arbeit versunken gewesen, so sehr hatte sie ihn geliebt. Ein Glück, daß er ertrunken ist. So wird er es nie erfahren.

Sie war wie vor den Kopf geschlagen. Lange stand sie regungslos vor der Truhe, von ihrer rechten Hand hing die Hose zur Erde, sie starrte vor sich hin, ihr Gesicht wurde immer härter und finsterer. Plötzlich warf sie mit einem ganz richtigen Haß die Hose in die Truhe, haute den Deckel zu, steckte sich eine Zigarre an, ging gehetzt, wie in einem Käfig, in der Stube herum. Alles kochte in ihr. Und die Zigarre zog nicht richtig. Und da sang auch schon der Kanarienvogel. Sie hätte ihn am liebsten erwürgt. Sie zündete ein Streichholz an, tat es mit solcher Wucht, daß das Streichholz abbrach. Da warf sie die Zigarre zum Fenster hinaus, ein Schiff lief in den Hafen ein, noch nie hatte sie ihren Mann so gehaßt. Er war an allem schuld; ihr ganzes Leben hatte sie ihm geopfert, ihr Leib hat gebrannt, und er hat inzwischen auf seinen blödsinnigen Landkarten herumgesucht, ja, wenn sie damals die Erfahrung gehabt hätte, die sie jetzt hat, und dumm wie sie schon war, hat sie ihm noch seine Strümpfe gestopft und ist zum Schluß noch den ganzen Tag an der Nähmaschine gesessen, und hat für ihn im Schweiße ihres Angesichts genäht, und er ist inzwischen in der Welt herumgefahren und hat sich amüsiert, und so hat er sie zum Schluß in die Spelunke getrieben. Und da bellte auch schon der Hund. Und wenn das Biest verreckt, jetzt bringt sie ihm bestimmt nichts hinaus, fällt ihr nicht ein. Und sie stand vor dem Spiegel und schminkte sich langsam und aufmerksam, das wird ihm teuer zu stehen kommen, ein Glück, daß sie wenigstens den Einbeinigen hat, schließlich, wenn man ihn mit den anderen vergleicht. Sie musterte sich lange im Spiegel mit einem unerbittlichen Blick, schob die Taille zurecht, gab dem Globus einen kräftigen Stüber, er drehte sich noch, lange, nachdem sie die Türe zugehaut hatte. Das Licht hatte sie auszulöschen vergessen.

Sie ging direkt auf den Schanktisch zu, goß sich einen Schnaps ein, ließ die Flasche offen, warf den Kopf zurück und leerte das Glas auf einen Zug; schenkte sich gleich einen zweiten nach, und goß ihn ebenfalls in einem Schluck hinunter. Die drei am Tisch schauten neugierig zu ihr hinüber und fragten, was denn los sei. »Nichts ...«, sagte sie, »ich bin gleich bei Euch«, und der Einäugige begann die Karten zu mischen. Als sie das vierte Glas geleert hatte, ging sie zum Tisch und hob die Karten ab, schon bevor sie sich niedersetzte.

Nicht einmal in den besten Zeiten hatte der Einäugige ein so konsequentes Pech beim Spiel gehabt. Er war rot vor Begeisterung und teilte die Karten aus, daß sie nur so flogen. Und nach jeder Runde wurden die Gläser geleert. Auch der Blatternarbige war außer sich vor Freude, nur seine Amme hatte so saufen können, sein ganzes Leben hatte er auf diesen Augenblick gewartet. Und er goß von hoch oben die Gläser voll, daß es nur so schäumte. Der Einbeinige rauchte nicht, er spielte nicht, aber die Stimmung in der Spelunke hatte auch ihn angesteckt: mit halb zugekniffenen Augen, mit einem nach innen gewendeten Lächeln, zwickte er die Frau, aber nicht gleich in die Schenkel; er hatte unten am Fuß begonnen, und seine Hand fuhr langsam immer weiter hinauf, immer weiter hinauf, daß es nur so blau wurde. Noch nie war es in der Spelunke so lustig zugegangen, die Petroleumlampe qualmte wie eine Lokomotive, der Wirt stand daneben und kaute an einem Zahnstocher. Er wußte nicht recht, woran er sich halten sollte, und es wurde ihm immer ungemütlicher, je lärmender es am Tisch zuging und je lauter die Frau lachte und kreischte. Plötzlich gab sie einen heftigen Klaps auf die Hand des Einbeinigen, die Hand war wirklich bedrohlich weit hinauf gefahren, aber sie war gar nicht böse, sie wälzte sich vor Lachen und begann, mit beiden Händen den Einäugigen und den Blatternarbigen zu zwicken. »Ihr sollt doch auch etwas vom Leben haben. Männer haben auch unter den blauen Uniformen blau zu sein!« und die beiden lachten verschämt. Aber bald lachten sie nicht mehr, sie waren ganz bleich vor Schreck, die Frau tat ihnen wirklich weh, sie versuchten davonzulaufen. Doch die Frau machte einen wilden Sprung und lief ihnen nach, und so rasten sie um den Tisch, stolperten über das Holzbein, lagen mit der Nase auf der Erde. Die Frau ergriff den Besen, der noch vom Abend der Ratte herumlag, »und jetzt reite ich dorthin, wo wir alle hingehören«, und auf dem Besen reitend tollte sie wie besessen durch die Stube. Die beiden hüpften ihr auf allen vieren nach und grölten: »Hopp, hopp, hopp, Pferdchen, lauf Gallopp.« Aber inzwischen war der Einbeinige aufgestanden und hatte sich vor die geöffnete Türe zur Hinterstube gestellt. Als die Frau vorbeiritt, packte er sie fast wie ein Schraubstock am Arm, warf sie in die Stube hinein, drehte sich auf seinem Holzbein herum, ging hinein, und schmiß den beiden die Türe vor der Nase zu. Aber die Zeiten waren vorbei, in denen sie die Türe stürmen wollten. Sie wälzten sich vor Lachen und brüllten ihnen Zoten nach. Als sie merkten, daß der Wirt keine Kenntnis von ihnen nahm – er kaute mit einem gottergebenen Gesicht an seinem Zahnstocher herum, man sah es ihm an, er wußte, es ist das Ende –, schauten sie abwechselnd durch das Schlüsselloch in die Hinterstube, kicherten, stießen sich gegenseitig mit dem Ellenbogen an. Heute hatten sie es wirklich nicht notwendig, in ihrem Bilderheft herumzublättern.

Die Frau wachte im ersten Frühlicht auf. Der Einbeinige schnarchte mit offenem Mund und hatte ein Kissen fest auf seinen Bauch gedrückt. Am Boden lagen Holzbein und Besen und bildeten ein Kreuz; daneben stand das Bidet, ein Weihwasserbecken. Die Decken, die Kleider der Frau, die Kleider des Einbeinigen, lagen in einem Haufen durcheinander. Sie suchte mechanisch ihre Kleider zusammen, zog sich langsam an. Ihr Kopf war leer, um den Kopf herum tat alles weh. Ein Strumpf war in den Nachttopf gefallen, sie ließ die Strümpfe liegen. Vorsichtig öffnete sie die Türe zum Schanktisch, stickiger, schwüler Petroleumgestank schlug ihr entgegen. Der Wirt hockte am Schanktisch, sein Kopf war auf die Brust gesunken, er tat, als ob er schliefe. Sie ging auf nackten Fußspitzen an ihm vorbei, mit verhaltenem Atem, draußen ging es ihr plötzlich auf, wie groß ihre Angst vor dem Wirt war, bis jetzt hatte sie es nie gewußt. Sie zog die Schuhe über die nackten Füße, das Leder war klebrig und warm. Sie schleppte sich mühsam durch die leeren Gassen, im Magen ein ätzendes Gefühl. Zu Hause brannte das Licht noch vom vorigen Abend, es mischte sich mit dem Licht der Dämmerung, alles war unwirklich, wie ertrunken, dachte sie. Dann stand sie nackt vor dem Spiegel; das Haar hing in Strähnen herunter, die Wangen waren eingefallen und hatten grünliche Schatten, die Bindehaut war entzündet, unter der Brust hatte sie ein rundes blaues Mal, das Gebiß des Einbeinigen. Sie warf sich aufs Bett, der Gaumen war trocken und bitter, der Schädel eine Tropfsteinhöhle, der Bauch tat ihr weh.

Sie konnte nicht schlafen, sie konnte nicht aufstehen, sie konnte nicht liegen bleiben. Alles war zwecklos, wenn sie nur irgendetwas zu tun hätte, in der Badestube tröpfelte es vom Wasserhahn, es ist das Ende, am besten, sie bringt sich um. Sie fand sich in der Badestube, das Wasser lief dampfend in die Wanne, sie wußte nicht, wann sie vom Bett aufgestanden war. Das Wasser brannte, sie wurde fast ohnmächtig, der Schweiß rann von ihrer Stirn, sie rieb besinnungslos die Seife in die offenen Poren hinein, das blaue Mal unter der Brust war nicht wegzubringen. Sie strich ihr Haar zurecht, dem Kamm fehlten zwei Zähne. Sie nahm zwei Tabletten, die Tube hatte keine Verschlußkapsel mehr, auch die Zahnpastatube hatte die Hülse verloren, Gott, war alles verwahrlost. Sogar eine rostige Rasierklinge ihres Mannes lag noch herum. Sie legte sich aufs Bett, die Übelkeit war vorbei, jetzt kann sie endlich schlafen, dachte sie. Aber sie war ganz munter, sie starrte mit offenen Augen auf die Zimmerdecke, schließlich auch er – mit seinem pedantischen Ordnungssinn, aber die gebrauchten Rasierklingen läßt er so einfach herumliegen. Ihre Kleider, ihre Wäsche lagen am Boden in einem Haufen herum, so hatten sie heute nacht in der Hinterstube herumgelegen, vermischt mit den Kleidern des Einbeinigen.

Mit einem Satz war sie auf, in heller Panik, schnell, schnell, schnell, und sie rieb wie besessen die Wäsche ab und spülte immer wieder das Seifenwasser weg, bis es ganz klar war, man hätte es trinken können. Als alles draußen auf der Leine hing, im hellen Sonnenlicht, war sie wieder ruhiger, jetzt werde ich endlich schlafen können, im Hafen pfiff eine Sirene. Aber es grauste ihr vor dem Bett, es trieb sie in den Stuben herum, ihr Leben war leer, leer wie der Rahmen, der auf der Kommode herumlag, wenn wenigstens der Hund gebellt hätte, sie kam an der Truhe vorbei, ein Stück der roten Hose hing heraus, eingeklemmt zwischen Truhe und Truhendeckel. Vielleicht kann ich dann schlafen, dachte sie, und so hob sie den Deckel auf, zog die Hose heraus, die Schere lag auf der Nähmaschine, sie saß bei der Nähmaschine und trennte die Hose auf, kein Schiff lief in den Hafen ein, kein Schiff lief aus dem Hafen aus, sie starrte aufs leere Meer hinaus. Es wurde Abend, aber die Lampe brannte noch, sie zündete eine Zigarre an, dann trennte sie weiter vorsichtig die Hose auf, Stich um Stich, sie riß nie den Faden herunter.

Die Stadtkapelle spielte den Trauermarsch, die Witwen der Matrosen schneuzten sich in ihre großen Taschentücher, sie aber, die einzige Witwe des Schiffskapitäns, trug lange wallende Trauerschleier, die Bahre wurde in die Erde gesenkt, darüber kam ein ganz großer Hortensienkranz, die Frau fiel ohnmächtig in die Arme des Bürgermeisters.

In dieser Nacht legte der Einäugige Solitäre, der Blatternarbige stierte betrunken vor sich hin, der Einbeinige gab ersichtliche Anzeichen von Unruhe, er hatte schon zwei Flaschen Mineralwasser geleert, er mußte sich fortwährend kratzen. Der Wirt hatte es kommen sehen und hockte ganz zusammengesunken am Schanktisch. Nie wieder würde er am Morgen die

Hinterstube in einem wüsten Zustand vorfinden, nie wieder langsam und mühevoll die Gefäße leeren, nie wieder zögernd am Fenster stehen und noch einmal und noch einmal die Gerüche der Nacht mit vollen Lungen einatmen, bevor er das Fenster aufstieß. Draußen krähte der Hahn zum dritten Male. Die Augen des Wirtes rollten ganz langsam. Noch nie war es in der Spelunke so still gewesen.

Auch in der Stadt war es still. Vielleicht weinten die Witwen der Matrosen in ihren dumpfen Stuben, draußen hörte man es jedenfalls nicht. Und die Kinder schliefen, als hätten sie nie einen Vater gehabt. Nur die Witwe des Steuermanns irrte verloren durch die leeren Straßen. Fledermäuse schwirrten um sie herum. Sie hatte ein schwarzes Kleid, um den Kopf hing ein schwarzes Tuch. Ihre Augen starrten böse in die Ferne. Ihre Lippen waren zusammengebissen. Auf dem Kinn hatte sie einen Pickel. Sonst war ihr Gesicht aus Stein. Sie kam am Hause des Schiffskapitäns vorbei, und der Hund begann wütend zu bellen. Die Frau des Schiffskapitäns fuhr aus ihrer Träumerei auf. Es war tiefe Nacht. Sie hatte die Schere im Schoße. Während sie gearbeitet hatte, hatten ihre Blutungen begonnen. Sie merkte es erst jetzt. Der Bauch tat noch weh, sonst fühlte sie sich angenehm entspannt. Bis jetzt war sie jede Nacht in die Spelunke gegangen. Jetzt war es zu spät. Rote Stoffstücke lagen um sie herum. Die Zigarre hatte eine schwarze Kerbe in das Brett der Nähmaschine eingebrannt.

DIE FAHRT

In der Kajüte des Schiffskapitäns herrschte eine wüste Unordnung. Er hatte kein Heim mehr, und er war gezwungen, alles, was er auf seiner ewigen Reise erwarb, auf seiner ewigen Reise mitzuschleppen. Und so lehnten hohe Büchersäulen an den Wänden, in einer Ecke zwei zusammengerollte Teppiche, ein großer und ein kleiner. Überall lagen leere Zigarrenkisten herum, Silberpapier, unbeantwortete Briefe – sogar auf dem Tisch zwischen dem Barometer, dem alten chinesischen Teekessel, der neuen italienischen Kaffeemaschine, den Meßinstrumenten; und unter dem Tisch, da schaute er lieber nicht hin. Im Papierkorb steckten ein Yatagan, ein Regenschirm, eine Mandoline, auf einem Koffer stand ein großes Vogelskelett, in der Schublade links häuften sich die zerrissenen Socken, der Kalender an der Wand zeigte irgendeinen 31. Dezember. Auch das Bild der Frau in seinem vergoldeten Rahmen hing immer noch da, und der Kapitän hatte sie immer vor Augen, mit ihrem hohlen Verlobungslächeln, dem starren Blick, dem steifen Hals, den gelackten gedrechselten Locken. Er sah es nicht, es gehörte zur Unordnung der Kajüte. Manchmal sah er es doch, aber da griff er gleich nach einem Buch.

Der Schiffskapitän hatte keine Miene verzogen. Er war weiterhin unerschüttert und undurchdringlich von Hafen zu Hafen gefahren, alle Meere der Welt standen ihm offen. Nur war von Hafen zu Hafen seine Unruhe größer geworden, und je größer sie wurde, desto steifer und wortkarger wurde der Schiffskapitän – mit den Fischweibern sprach er kein Wort mehr, schließlich wußte er schon alles. Alle Weine der Welt hatte er auch schon gekostet – und so saß er in irgendeiner Bierstube, nach so und so viel Glas Bier waren die Beine schwer, das Gesäß klebte am Stuhle, er war zu faul aufzustehen und bei den Trödlern herumzukramen, er glotzte vor sich hin, bis es höchste Zeit war, Schokolade zu kaufen und wieder an Bord zu steigen.

Richtig wohl fühlte er sich nur, wenn das Schiff den Hafen wieder verließ und geradeaus in das offene Meer hineinfuhr. Schließlich wußte er es sich so einzurichten, daß alles, was er in einem Hafen zu erledigen hatte, an einem einzigen Tage erledigt wurde, daß das Schiff am Morgen einlief und schon am Abend wieder wegfahren konnte, sogar wenn es eine lange Seefahrt hinter sich und eine lange Seefahrt vor sich hatte. Die Mannschaft murrte, und besonders wütend war der Steuermann. Der lebte schon seit Monaten von seiner jungen Frau getrennt, und seine Stirne wurde jeden Tag niedriger. Der Schiffskapitän konnte seinen Nacken einfach nicht ausstehen und wäre fast aufgefahren. Aber er beherrschte sich, er hatte einen Sinn für menschliche Schwächen, nichts Menschliches war ihm fremd, das konnte er wohl sagen – und er vertröstete sie alle mit dem nächsten Hafen: dort hätten sie sicher einige Nächte verbracht; er selbst hatte die Absicht, auf das Schiff eines befreundeten Kapitäns zu warten. Es war ein Orientale, und es war lange her, seit der Schiffskapitän eine Nacht mit ihm verplaudert hatte. – »Dort lebt doch die Zigeunerin …«, sagte der Schiffsjunge und schaute mit hellen Augen auf den Steuermann. Der Steuermann grinste, die Matrosen grinsten, der Kapitän kehrte mit undurchdringlicher Miene in seine Kajüte zurück.

Die Fahrt dauerte lange, der Schiffskapitän hantierte herum und rechnete herum, draußen spielte der Schiffsjunge auf seiner Ziehharmonika, der Kapitän schlug ein Buch auf, er legte es wieder weg, das Schiff schaukelte, die Büchersäulen drohten umzustürzen, der Kapitän aß ein Stück Schokolade, das Bild der Frau lächelte aus seinem Rahmen herunter. Und so kam ihm einmal ein Buch in die Hand, das er nur wegen des alten Einbandes auf einem Karren gekauft hatte, er hatte es sich nie richtig angeschaut; zuerst blätterte er ohne besondere Neugierde darin herum, nach und nach las er aufmerksamer.

Es war die Geschichte der Zählung der Jahre, das Heilige Buch, in dem die Könige zu lesen pflegten, zusammengestellt von […] während seiner Verbannung auf […], mit der Abfolge der Dynastien und der Könige und des Adels, mit allen ihren Taten und ihren wahren Namen, eingeschrieben im Jahre ihrer Geburt, gestrichen im Jahre ihres Todes. Und der Kapitän las von der Erschaffung der Erde und des Himmels mit allen seinen Sternen; vom Kommen der Väter und Urväter von der anderen Seite des Meeres, wo die Sonne aufgeht; von der Unterwerfung der Ureinwohner, der Wanderung gegen Norden, den Rasten während der Wanderung und der Verteidigung der Wagenburgen; von der Abzirklung der Stadt um die vom Blitze getroffene Eiche, der Errichtung des Tempels, dem Bau der Paläste, der Dämme und der Aquaedukte; von den Kriegen mit den Siegen und den Niederlagen, den Eroberungen und Triumphzügen; von den großen öffentlichen Unglücken, den Hochfluten, den Seuchen, den Feuerbränden, den Hungersnöten, den Verheerungen durch die Heuschrecken; der Kapitän ging fast schlafwandelnd zur Kommode, sein Mund war schal, er öffnete sie mit dem Schlüssel, er steckte ein ganz großes Stück Schokolade in den Mund, er sperrte sie mit dem Schlüssel wieder zu; vom Eindringen der Nachbarstämme und ihrer Verscheuchung durch die wilden Hunde; von der Unterdrückung des Aufstandes der Plebs und der Tötung des ersten Pferdes; von den Beauftragten mit den Büchern der Gesetze, den Strafen und den Stunden und den Orten der Torturen; von der Eheschließung, den Rechten der Hauptfrauen und den Pflichten der Nebenfrauen, von den Freudenmädchen, den Sklaven, den Unberührbaren und den Aussätzigen; von den Ämtern, den Gewerben und den Grenzen der Künste; elastisch schnellten die Hüften der Zigeunerin unter seiner Umarmung, sie wehrte sich böse und biß ihn ganz wild, sie kämpfte gehässig mit allen ihren Kräften, aber selbstverständlich siegte zum Schluß der Schiffskapitän, und mit einem letzten erschöpften Röcheln, mit verdrehten Augen und halboffenem Mund, fiel ihr Kopf seitwärts in die Kissen zurück. Der Mund des Kapitäns hingegen schmeckte ganz süß nach Schokolade, und er saß da, das Buch im Schoße, und glotzte ins Leere. Plötzlich, mit einem Ruck, stand er auf, glättete sorgfältig ein Stück Silberpapier, faltete es der Länge nach, und legte es als Lesezeichen zwischen die Seiten des Heiligen Buches. Dann setzte er sich zu seinen Meßinstrumenten. Es war das erste Mal nach langer Zeit, daß er ungeduldig war, in einen Hafen zu kommen. Dort würde er endlich seinen Freund, den Orientalen, wiedersehen.

Es war noch hell, als das Schiff anlegte, aber die Bordformalitäten dauerten endlos, und als der Kapitän endlich ans Land steigen konnte, war es schon längst Nacht geworden. Durch einen Kellner hatte er es bald heraus, wo die Zigeunerin zu finden war – und nun hieß es hinzugelangen. Die Neonlichter verwirrten ihn, die Laternen der Autos mit ihren Reflexen auf dem spiegelnden Asphalt rasten auf ihn zu, er traute sich kaum, die Straße zu überqueren. Und noch schwerer war es, den richtigen Mann zu finden, dem er einen Straßennamen nennen konnte, ohne gleich eine beschämende Komplizität zu schaffen; die ganze Stadt wimmelte vor potentiellen Mitwissern, schon mit dem Kellner war es nicht leicht gewesen.

Aber endlich saß er in einem Salon, es war Stille wie in einer Kirche, in der Mitte ragte eine imitierte Palme, die Sofas waren rot, auf den Wänden ging es bewegt zu: Faune verfolgten Nymphen, Flußgötter verfolgten Najaden, Tritone verfolgten Sirenen. Der

Kapitän musterte aufmerksam die Huren, keine unter ihnen konnte die Zigeunerin sein. Plötzlich kreischte die dicke Blonde neben ihm: »Du Teufelskerl!« und schlug klatschend mit der offenen Hand auf seinen Schenkel. Ein Witwer zuckte zusammen und putzte eingeschüchtert seine Brille mit dem schwarzumrandeten Taschentuch. Der Kapitän entschloß sich, sich zu erkundigen, ob es eigentlich hier in dem Etablissement nicht auch eine Zigeunerin gebe. Die Blonde lachte höhnisch: »Die ist längst schon oben mit dem Steuermann, und wenn der da ist, kracht ihr Bett bis morgen vormittag. Geh nur auf den Gang, da hörst Du's haargenau ...« Der Kapitän verzog keine Miene: er stand auf, verabschiedete sich höflich und ging zur Türe. Aber so leicht ließ die dicke Blonde nicht nach: prompt hing sie sich in ihn ein, nahm ihm die Zigarre vom Munde und tuschelte ihm etwas ins Ohr. »Nein, danke«, sagte höflich der Schiffskapitän, »ich muß leider gehen, es ist sehr spät geworden«. – »Da hättest Du eben früher kommen sollen ...«, sagte die Blonde, tat einen Zug aus der Zigarre, der Tabak war stark, sie begann furchtbar zu husten. Der Kapitän löste sich vorsichtig von ihrem Arme los und ging zur Türe hinaus. Die Dicke hustete weiter und warf die Zigarre hin; und da sprang auch schon der Witwer auf, hob den Stummel auf und legte ihn in einen Aschenbecher, »es kann so leicht ein Brand entstehen ...« – »Bei deinem Stummel wird das schon nicht so gefährlich sein!«, sagte die Blonde wütend; und alle lachten, am lautesten der Witwer.

– Jetzt lachen sie noch über mich, dachte der Schiffskapitän, schließlich habe ich es verdient, aber ganz gemütlich war es ihm nicht. Er ging undurchdringlich und ziellos durch die Straßen, von der Hafengegend hielt er sich vorsichtig ferne, es wäre peinlich gewesen, jetzt gleich den Kellner zu treffen. Die Straßen waren fast leer, dunkle Wolken bedeckten den Mond, aus den Gärten schlug der Duft der Linden, ein alter Mann wartete auf einen Hund, der an der Ecke pißte. Der Kapitän irrte ziellos herum, er lief immer schneller und schneller, hier war er schon vorher vorbeigekommen, das Kainszeichen begann auf seiner Stirne zu brennen, er kam wieder am Bordell vorbei, was zu viel ist, ist zu viel. Er konnte ja alles verstehen, schließlich war er vernünftig und aufgeklärt, und er hatte sich bei Gott nie welche Illusionen gemacht, aber ein Einbeiniger, was zu viel ist, ist eben zu viel; ja selbstverständlich auch ein Einäugiger und ein Blatternarbiger. Und wenn man so denkt: an seinen Weinen hatte sie ganz interesselos genippt, so aus purer Höflichkeit, und dabei hatte er Weine nach Hause gebracht, von denen sich so einer nicht einmal träumen läßt, und dafür stinkt sie jetzt nach Fusel. Und ein kompliziertes Geduldspiel hatte er einmal mitgenommen, aus Japan, es gehörte eine richtige, gutgeschulte Kombinationsgabe dazu, um es zu lösen, es war wirklich aufregend, unterhaltender war es bestimmt als dieses blödsinnige Kartenspielen, was hatte er nicht alles für sie getan. Sein Herz klopfte immer wilder, er war ganz feurigheiß im Gesicht, er lief immer rascher und rascher herum. Und wie oft hatte er sie umarmen wollen, und sie hatte sich ganz sachte, aber fest, gewehrt: Heut laß' es doch, sei so gut, ich bin wirklich wahnsinnig müde ... – aber so wahnsinnig müde konnte sie wieder nicht gewesen sein, eingeschlafen ist sie überhaupt nicht, mit offenen Augen hat sie endlos auf die Decke gestarrt, und gerade als er beim Einschlafen war, hat sie ihm plötzlich gesagt, wenn er wieder einmal nach Amerika kommt, solle er ihr ein Dutzend Nylonstrümpfe mitbringen, die dortigen seien viel haltbarer, bei denen, die sie vorgestern gekauft hatte, sei schon eine Masche aufgegangen ... und jetzt, mit so einem dahergelaufenen Einbeinigen ... dahergelaufen? – dahergehumpelt!!! – Und so raste er in einem ganz großen Kreise immer wieder um das Bordell herum und erzählte sich immer wütender seine Geschichte vor. Selbstverständlich konnte er alles verstehen, aber eine Ungerechtigkeit war es doch, wo er immer wirklich nur ihr Bestes gewollt hatte, er hatte sie auf Händen getragen – die Ohren sausten, der Sympathikus summte braun wie ein Gong, das Gehirn war heiß und größer als die Schädeldecke – bald war es nur eine abstrakte Wut, eine gegenstandslose Verzweiflung, seine Frau konnte ihn und die Zigeunerin konnte ihn, es war nur das Brennen des Kainszeichens auf seiner Stirne, er hätte am liebsten den Steuermann erwürgt. Und jetzt begann es noch zu regnen, alle Konditoreien waren zu, er stand unschlüssig vor einem Tingeltangel. Wenn als erste eine Frau herauskommt, geht er hinein; und da kam auch schon ein Paar heraus. Das hätte er eigentlich auch in Betracht ziehen müssen, und da kam auch schon eine Frau heraus, aber jetzt galt es nicht mehr, er lief im Kreise um das Tingeltangel herum und strandete patschnaß in einer Bierstube. Beim zweiten Glas Bier war er ruhiger, beim vierten war er äußerst weise. Pech gehabt, wenn es nicht geht, geht es eben nicht, er hatte ein gutes Gewissen, er hatte wirklich alles mögliche von seiner Frau ertragen, bis zum Schluß, das kann man wohl sagen. Draußen klatschte der Regen, er bestellte noch einen Schnitt. Es war nicht einmal ihre Schuld, Übergangszeiten sind eben verwirrt, die festen Ordnungen lösen sich auf, Europa ist in Gefahr, die Problematik lastet auf allen. Gut, daß er wenigstens hier im Trockenen saß, hier war er geborgen, hier war es warm, schließlich war alles andere belanglos, er geht überhaupt nicht mehr an Bord zurück. Langsam und unbekannt verwahrlosen, der Kopf beobachtet klinisch die Stufen des progressiven Verfalls, die Zähne wackeln, dann fallen sie aus. In ihm war Sumpf, das Lokal war Sumpf, er war schließlich nur eine dünne Scheidewand zwischen Sumpf und Sumpf, und er bestellte einen letzten Schnitt. Je mehr Bier man trinkt, desto wärmer werden die Füße in den nassen Schuhen, desto dünner wird die Scheidewand, schließlich ist alles ein einziger warmer Sumpf, Amöben schwimmen herum, das Leid der Welt hat aufgehört, Christus ist überflüssig. – Es regnete nicht mehr, aber der Himmel war immer noch trübe und freudlos. Er hatte Angst vor der kalten, feuchten Luft, dem Frösteln entgegenzugehen war eine unüberwindbare Aufgabe, er bestellte einen allerletzten Schnitt. Um ihn herum hatte man schon die Stühle auf die Tische gestellt, jetzt war es nicht mehr Sumpf, jetzt war es dürrer Wald, aus jedem Tisch ragten sechzehn armselige Stämme empor, ewig verdorrt in einem ewigen Winter, nie mehr rauschen die Baumkronen, und jetzt erst sah man, wie dreckig der Fußboden war, eine alte Hexe fegte zwischen seinen Beinen. –

Als er endlich im Freien war, war es doch nicht so kalt, wie er es sich vorgestellt hatte, aber trübe und freudlos war es dennoch, und daß er dem Kellner ein so großes Trinkgeld gegeben hatte, war irgendwie auch nicht in Ordnung. – Gut, daß in einer Konditorei die Läden schon halboffen waren, er stopfte so und so viele Kuchen in sich hinein, die Kuchen saugen das Bier auf – aber das Licht der Laternen in der Dämmerung war fahl und gespenstisch, die grauen Wolken waren bedrückend, die Stadt war ungastlich ... : Europa!

Und an Bord war es ebenso trostlos. Hier hatte der Regen das Deck gründlich gewaschen – und trotzdem ... Wenn er an seine erste Reise dachte – sein Vater hatte ihn einmal mitgenommen –, da schimmerte und schillerte und glitzerte und blinkte das Deck wie ein Spiegel, damals, da hat man es noch mit einer Seifenlösung richtig eingerieben, jetzt machen sie es sich bequem, Natronlauge ..., und er legte sich ins Bett und schlief augenblicklich ein.

Am frühen Nachmittag wurde er geweckt, das Schiff des Orientalen war gesichtet worden. Sein Kopf war leer, aber die Sonne strahlte, wie sie nur nach einem tüchtigen Regen strahlt, und das Rasieren war wohltuend: seine Frau war ferne wie noch nie, ohne richtige Krisen wird man so was nicht los, man überwindet doch alles nur nach und nach, stufenweise – die Krise der letzten Nacht gehörte eben dazu, jetzt konnte er sie überhaupt nicht mehr verstehen. Und bald geht es wieder geradeaus ins Meer hinein, und die Ferne trägt auch noch das Ihre bei. Und wie richtig es sich fügte, daß gerade jetzt das Schiff des Orientalen ankam, gestern wäre es zu früh gewesen. Jetzt war er innerlich ruhig, und siehe: von außen kam ihm die ruhige Weisheit seines Freundes entgegen – die hilft ihm heute Nacht, die letzten Summen zu ziehen, und geklärt und gereift geht es morgen einem neuen geläuterten Leben entgegen.

Es dauerte noch eine Weile bis zur Ankunft des Schiffes, und so öffnete der Kapitän mit dem Schlüssel seine Kommode und legte gleich einen ganzen Vorrat Schokolade neben sich hin, er hatte ja nicht einmal zu Mittag gegessen. Also ... von den Ämtern, den Gewerben und den Grenzen der Künste; von der Zubereitung der Lacke; vom Ausloten der Bauplätze, vom Gebrauch des rhabdomantischen Stabes, von den Vorbereitungen zur Erlegung des Ebers; von den Träumen, den Vorbedeutungen, den Bannsprüchen, den Beschwörungen und dem Aberglauben; von der Deutung des Vogelflugs und der Eingeweide der Tiere; von den günstigen und ungünstigen Zeiten, den Tagen der Saat und der Ernte, den reinen und unreinen Tieren, den Eigenschaften der Pflanzen und dem Brauen der Getränke und der Gifte; von den Talismanen, der Chirurgie, der Trepanation des Schädels, dem Aderlassen, der Pflege der Zähne; von den geheimen Kräften des Magnetsteines – aber er war nicht richtig dabei, er hatte schon die ganze Zeit mit dem Schlüsselbund gespielt, draußen strahlte die Sonne, er ging lieber auf Deck herum, er fühlte sich richtig befreit, er pfiff leise vor sich hin ... Da pfiff es viel lauter und unbekümmerter, es pfiff vergnügt, ausgelassen glücklich: es war der Steuermann, der, langsam und strahlend, Hände in den Taschen, Mütze weit nach hinten geschoben, an Bord zurückbummelte. So eine Frechheit war dem Kapitän überhaupt nie vorgekommen! Er war plötzlich betäubt vor Wut, alles kochte in ihm, das Herz hämmerte wieder einmal rasend gegen seine Brust, das war etwas zu viel, den Kerl müßte man fristlos entlassen. Er schlug krachend die Türe der Kajüte hinter sich zu, er tobte wie in einem Käfig herum, das begann wirklich jedes Maß zu überschreiten ... er wollte bestimmt nichts beschönigen, und vieles war bestimmt seine Schuld, das mußte er unbedingt zugeben, und daß er die rote Hose nicht gleich angezogen hatte, das war ein richtiger Taktfehler gewesen ... aber ein Einäugiger und ein Blatternarbiger, das war doch wirklich unter ihrem Niveau, wo er doch alles für sie getan hatte, aber alles war zwecklos gewesen ... Und er erzählte sich noch einmal seine

Geschichte vor ... Noch eine Nacht im Hafen zu verbringen, das ging schon ganz und gar über seine Kräfte – und er befahl, augenblicklich in See zu stechen. Die Ruhe des orientalischen Kapitäns hätte ihn ohnehin nervös gemacht, der hatte es leicht, bei der ganz anderen Erziehung, und wo er sogar einen richtigen orientalischen Steuermann hat – wenn der seine Sorgen hätte!

Das Schiff löste sich von der Mole los, und der Schiffskapitän war gleich wieder ruhiger. Er stand auf der Brücke und schaute auf den Hafen, die Häuser wurden immer kleiner und spielzeughafter und blieben trotzdem klar in ihren reinen Konturen, lackiert und poliert vom Regen der Nacht. Dort hinten irgendwo, rechts vom plumpen Turm, dürfte das Bordell sein, ja, da war es schon, ein kleines kleines poliertes Spielzeugbordell, von hier aus sah der Hafen wie eine richtige Gartenstadt aus, wenn man darin herumgeht, merkt man nicht, wieviel Grün eigentlich da ist. Die Stadt wurde immer winziger, sein Mund wurde immer schlaffer, die dicke Blonde federte mechanisch und mollig unter seiner Umarmung, schnaufte rhythmisch und phantasielos, kleine Schaumblasen um ihren Mund. Als sie wieder zu sich kam, flötete sie selig: »Du hast mich beinahe zerdrückt ...«, und als der Kapitän wieder zu sich kam, war die Stadt ein einziger ferner grauer Streifen. Er gab einige Befehle mit schneidender Stimme, marschierte energisch in seine Kajüte zurück und drehte den Schlüssel um.

So konnte es einfach nicht weitergehen, etwas mußte geschehen! Jetzt wurde endlich einmal richtig Ordnung gemacht, rücksichtslos auch gegen sich selbst, er hatte sich vieles zu leicht gemacht, so einfach aus einer Laune mir nichts, dir nichts wegfahren, das war die reinste Anarchie, ärger als infantil, kein Kind benimmt sich so. Von hier und heute an beginnt ein neues Leben, die Krise wegen seiner Frau ist ohnehin schon überstanden, jetzt wird ein richtiges Programm gemacht, ohne ein festes Programm geht es nicht! – Er warf die Zigarre zum Fenster hinaus und notierte:

1.) Bild der Frau aus Rahmen entfernen.

2.) Liste sämtlicher vernachlässigter Angelegenheiten (Post, Erklärungsschreiben an den Orientalen, usw.) ... bevor die Vergangenheit nicht in Ordnung ist, ist es nicht ratsam, an die Zukunft zu denken, und von heute an wird eben mit der Vergangenheit Ordnung gemacht – heute: rechts oben das Datum! ... Der wievielte war es eigentlich? Er stürzte sich tobsüchtig auf den alten Kalender, riß ihn von der Wand herunter und schon flog er ins Meer hinaus – und jetzt kommt das Bild der Frau dran! – da unterbrach er plötzlich seinen Tobsuchtsanfall, ging zum Tisch, notierte schön leserlich:

3.) neuen Kalender kaufen,

nahm den Tobsuchtsanfall genau dort wieder auf, wo er ihn unterbrochen hatte, und jetzt kam wirklich das Bild der Frau dran, draußen flatterten die kleinen Stückchen nur so im Winde. Dann hing er den leeren Rahmen automatisch an der alten Stelle wieder auf, der kann nicht so herumliegen bleiben, es muß ohnehin einmal in der Kajüte richtig aufgeräumt werden, und dann stand er, etwas verwirrt, aber ebenso kaiserlich, vor dem Rahmen, der leer an der Wand hing, und überlegte, was er sonst noch alles notieren könnte ... Richtig:

4.) Seifenlösung statt Natronlauge (Schiffsjunge!).

5.) wird endlich einmal systematisch moderne Physik studiert, zwei Stunden im Tag, was auch geschieht, ohne moderne Physik geht es nicht mehr, dort beginnt das neue Denken ... Und

6.) ging es ihm plötzlich durch den Kopf, wird eine Sirene geheiratet, und stop! – Das war eine Idee, und jetzt verstand er plötzlich: was er immer gesucht hatte, war eine Sirene! Er war doch ein Schiffskapitän, wie hatte er so dumm sein können und denken, mit einer Frau auszukommen, die auf der Erde lebt, alles kam nur davon, ein tieferes Verständnis war im vorhinein ausgeschlossen, Meerfrauen sind für die Männer da, die auf dem Meere leben, die Frauen der Erde waren ihm verwehrt, seine Frau hatte blaue Flecken auf dem Leibe, er war ganz aufgeregt, die wird ihm bei Gott keine rote Hose nähen, ein Glück, daß er den schwarzen Anzug mitgenommen hatte. Aufgeregt marschierte er in der Kajüte herum, linkes Bein, rechtes Bein, und die Vorstellung, mit einem einzigen Bein und einem Holzbein herumzulaufen – und mit so was geht sie ins Bett, und er hingegen mit seinen gutentwickelten trainierten Beinen, mit seinen harten elastischen Schenkeln – der kann doch überhaupt keine Kniebeuge machen – und der Schiffskapitän stand mitten in der Kajüte vor dem leeren Rahmen und machte Kniebeugen: ich zwei Bei-ne er ein Bein ich zwei Bei-ne er ein Bein – er war total verrückt. Und in den leeren Rahmen kommt das Bild der Sirene, aber bis dahin muß der Rahmen weg. Und er notierte:

7.) aber erstens: große Ordnung in der Kajüte. Es war klar, anfangen muß man hier, und angefangen wird mit den Socken, nichts störte ihn so sehr in der Kajüte, obwohl er sie nicht sah, er kann sich ohnehin im nächsten Hafen so viele Socken kaufen, wie er will, und das wird bei Gott nicht hinausgeschoben, sein Dämon riß die Schublade links auf, die voller zerrissener Socken war, sein Dämon warf sie alle gleich ins Meer hinaus.

Worauf sich der Schiffskapitän erleichtert fühlte. Die große Befreiung war nicht mehr ferne, man muß nur einmal richtig anfangen. Für heute war es genug, nur jeden Tag so viel, und ehe man's merkt, herrscht überall die schönste Ordnung. Und jetzt wurde noch im Heiligen Buche weitergelesen, er hatte keine richtige Lust dazu, aber daß es fertiggelesen wurde, gehört auch zur Ordnung, nicht ausgelesene Bücher sind Ketten an die Vergangenheit, – also von den geheimen Kräften des Magnetsteines. Und er las von den vier Tagen des Fastens und den hundert Tagen der Enthaltsamkeit, von den Tagen des Yoghurts und den Tagen der gefüllten Kapaunen, vom Verbot der Schälung des Reises; neues Buch: von der Namensgebung der

Kinder und von der Vertreibung des Geistes der bösen Mutter, von der Erziehung, der Beschneidung und der Jünglingsweihe; er stand auf und notierte:

8.) im nächsten Hafen Socken kaufen (statt der Nylonstrümpfe, ging es ihm durch den Kopf);

von dem Umgang mit Gespenstern und mit menstruierenden Frauen; von den Todeszeremonien, den Vorschriften der Totenklagen, den Abenteuern der Seele nach dem Tode; von den Hahnenkämpfen, den Sparkassen und der Segnung der Boote; von den Tänzen, den Orgien im heiligen Hain, der Entmannung der Fremdlinge, den Waschungen und den Bußübungen; von den sieben Pfaden der Erlösung, das ist besonders wichtig, das liest er erst morgen, heute ist er dazu nicht konzentriert genug.

Er war wieder fast glücklich, nahm sein Fernrohr und wollte auf die Brücke gehen, besann sich, ging zurück, strich Punkt 1.) aus, das war schon erledigt. Er strich die Worte gründlich aus, bis kein Buchstabe mehr zu sehen war, bis er es tiefschwarz auf weiß vor Augen hatte, daß die neue Ordnung wirklich begonnen hatte. Und er sah die verwandelte Kajüte förmlich vor sich, alles Überflüssige abgeschafft, alles Wesentliche blitzblank an seinem richtigen Platz – und jetzt war er ganz glücklich, glücklich vor innerer Sauberkeit, und jetzt ging er hinaus. Der Schiffsjunge saß lässig mit über Bord hängenden Beinen, aß Kirschen und spuckte die Kerne in einem weiten Bogen ins Meer. Als der Kapitän vorbeikam, sagte der Schiffsjunge: »War das nicht sonderbar …?« – »Was war sonderbar …?« fragte der Schiffskapitän. – »Vorher, die vielen Socken, an denen wir vorbeigefahren sind …« – »Socken …?« sagte der Schiffskapitän, sein Gehirn zog sich eiskalt zusammen, »sehr sonderbar. Ich habe nichts gemerkt, ich bin die ganze Zeit in meiner Kajüte gesessen und habe gerechnet«. Der Schiffsjunge schaute ihn mit seinen hellen Augen an, spuckte einen Kirschkern in einem ganz meisterhaften Bogen ins Meer und machte auf seiner Ziehharmonika einen Triller. Und der Schiffskapitän, statt auf die Brücke zu gehen, kroch schleunigst in seine Kajüte zurück und schloß sich wieder einmal ein. Er hatte geglaubt, er stehe an der Schwelle eines neuen Lebens, aber die Vergangenheit verfolgte ihn unbarmherzig, nie würde er sich von ihr befreien, er ging an seiner Frau zugrunde, die Sirenen waren ihm versagt, es war alles nur eine Exaltation gewesen, jetzt hatte er die verdiente kalte Dusche bekommen. Er nahm mechanisch das Heilige Buch in die Hand, legte es aber gleich wieder weg und begann angestrengt zu rechnen.

Am nächsten Morgen war es ihm sehr unbehaglich, aus der Kajüte herauszukriechen. Er näherte sich den Matrosen mit äußerstem Mißtrauen, aber sein Mißtrauen war unberechtigt. Kein verdächtiger Tonfall, kein verdächtiger Blick. Und der Schiffsjunge saß auf einem zusammengerollten Tau, las eine Detektivgeschichte und nahm keine Kenntnis von ihm. Auffallend war nur der Steuermann. Der ging kleinlaut, mit besorgter Miene und sonderbar steifen Beinen herum und hatte fast keine Stirn mehr. Da war etwas nicht ganz in Ordnung, und der Kapitän rief ihn zu sich. Der Steuermann stelzte vorsichtig auf seinen steifen Beinen herbei und sagte weinerlich: »Ich muß sehr aufpassen mit meinen Bewegungen ...« – »Was ist denn los?« fragte der Schiffskapitän. – »Ich fürchte, mich hat's gekriegt ... Die Zigeunerin ... Und dabei hat das Aas noch die Frechheit gehabt, mich zu bitten, wenn ich einmal nach Arabien komme, solle ich ihr irgendeine Salbe kaufen, die gibt es nur dort, den Namen hab' ich ohnehin schon vergessen ...«

Der Schiffskapitän war aufgeblüht, Gott war gerecht, Gott war mit ihm, die Vergangenheit hatte sich wirklich aufgelöst, es war der richtigste Verfolgungswahn gewesen, irgendwo wartete eine Sirene auf ihn. Er war ganz leutselig und sagte: »Das tut mir wirklich leid, komm dann später in meine Kajüte, ich gebe Dir Hypermangan und eine Spritze, und hoffentlich bist Du mir bald gesund. Ich brauche Dich mehr denn je, ich habe eine große Reise vor, davon hängt vieles ab ...«, und aus lauter Begeisterung reichte er ihm die Hand. Der Steuermann drückte drauflos. »Au ...«, sagte der Schiffskapitän, ging rasch in seine Kajüte zurück und wusch sich die Hände. Gott war mit ihm, und wie folgerichtig war alles gewesen: das war doch nur der Krampf zwischen Phase und Phase, es waren die Geburtswehen eines neuen Lebens gewesen. Seine Frau gehörte zu einer überstandenen Entwicklungsstufe, jetzt, wo alles vorbei war, konnte er ihr richtig dankbar sein, sie hatte ihm wirklich alle Meere der Welt geöffnet. Wie man von Tag zu Tag reift, dachte der Schiffskapitän, und daß der Schiffsjunge etwas gemerkt haben konnte, war einfach ausgeschlossen, der saß doch auf der anderen Seite, der hat nur die Socken im Kielwasser treiben gesehen.

Alles prickelte in ihm, er rief die Mannschaft zusammen, es war das erste Mal, daß er den Leuten eine Rede hielt: er habe eine große Reise vor, es sei die entscheidendste Reise, die sie jemals zusammen gemacht hätten, hie und da sei er vielleicht etwas schroff mit ihnen gewesen, er bitte alle um Entschuldigung, schließlich sei auch er nur ein Mensch, aber in der letzten Zeit habe er wirklich vieles verstanden, und so habe er ein ganz neues Ziel im Auge, mehr könne er leider nicht sagen ... auch die Welt stehe an der Schwelle einer neuen Zeit, bald haben sich alle Nationen vereinigt, sozusagen eine neue Phase der Weltgeschichte. Und habe er einmal sein Ziel erreicht, bekämen alle doppeltes Gehalt, inzwischen solle der Koch dem Steuermann sechs Büchsen Milch hinunterbringen, der Steuermann, vielleicht wissen sie es schon, sei leider krank, er habe einen Unfall gehabt, aber hoffentlich werde auch der Steuermann bald wieder gesund werden, der Kapitän baue auch weiterhin auf die Treue seiner ganzen Mannschaft. Die Matrosen wußten nicht recht, wie man sich in solchen Fällen benimmt, und schauten verlegen zu Boden. Nur der Schiffsjunge schaute den Kapitän mit hellen Augen an. Dann zog er eine Banane aus der Tasche.

Der Kapitän ließ die Fahnen hissen, es war eine richtige Brautfahrt. Der Himmel war blau, frisch wehte der Wind von den Heimaten weg, kleine Frühlingswolken trieben im Winde dahin, das Schiff schaukelte wie die Hüften der Blonden, die Delphine hüpften vergnügt um das Schiff herum, der Schiffsjunge spielte die Begleitung dazu, der Kapitän war verjüngt, es war eine Freude zu leben.

Jetzt hieß es tätig sein, jetzt wurde nicht im Heiligen Buche gelesen, die sieben Pfade der Erlösung, das war doch die reinste Theorie. Jetzt hieß es ernst machen mit der Ordnung in der Kajüte, es war unheimlich, daß er es in einer solchen Unordnung überhaupt ausgehalten hatte. Ordnung hier hieß Ordnung in seinem Leben, hieß Ordnung draußen in der weiten Welt, das Kleine verwandelt das Große, er arbeitete angestrengt, man scheuert die Kajüte, und der Makrokosmos wird blitzblank, er ordnete die Bücher nach Sprachen. – Ein Problem waren die leeren Zigarrenkisten: wegwerfen oder nicht wegwerfen, das war hier die Frage. Zum Aufbewahren von Faltern und Käfern waren sie sozusagen ideal, aber ob er jemals Falter und Käfer sammeln würde, auf dem Meer ist es schwer, und für Fische waren sie nicht zu gebrauchen. Schade! Und so ordnete er sie einstweilen nach Größe. Aber auch nach seinem Tode sollte Ordnung herrschen, das Leben geht weiter, und er notierte:

9.) Testament.

Der Himmel war blau, der Schiffskapitän saß an seinem Tisch und berechnete immer neue Kurse, er schlug in alten Büchern nach, er stand auf der Brücke und suchte mit seinem Fernrohr herum: weit und breit keine Sirene zu sehen. Aber das war zu erwarten, so schnell konnte es nicht gehen, wie lange schon hatte die Menschheit keine Sirene zu Augen bekommen, es gehörte Geduld dazu, jede Tat besteht nur aus Geduld, Geduld und Geduld. Zäh war er genug, er konnte Gott dafür danken, und vorbestimmt war es auch, und so blieb er heiter und unverzagt. Bald würde in seiner Kajüte die vollkommenste Ordnung herrschen, es fehlte nur wenig dazu, wie sollte dann nicht das neue Leben anfangen, die Bücher waren schon nach Sprachen geordnet, jetzt ordnete er sie nur noch nach dem Inhalt: Philosophie, Seerecht, Theologie, Physik, klassische und moderne. Dann blieb nur noch die Schublade links, dort hatte er wahllos alles zusammengeworfen, wovon er nicht gleich entscheiden konnte, ob er es aufbewahren sollte oder nicht; dann gab es noch die Post, aber die Briefe lagen schon sauber gesammelt in einer Mappe, es fehlte nur zu antworten; dann noch das Problem mit den Zigarrenkisten; und dann waren nur noch die beiden zusammengerollten Teppiche da. Aber das war leicht zu lösen: der kleine kommt unter den Tisch im Saal, der große bleibt zusammengerollt und kommt in den Warenraum, am besten, er ruft den Schiffsjungen gleich und läßt augenblicklich die beiden Teppiche hinausschaffen.

Heiter und vorbestimmt trat er aus seiner Kajüte heraus, glücklich im Einklang mit dem heiteren Himmel – und das Deck schimmerte und schillerte und glitzerte und blinkte wie ein Spiegel. – Seifenlösung, dachte der Schiffskapitän, das sind die Wunder einer guten, dickflüssigen, reichlichen, altmodischen Seifenlösung ... – und da lag er auch schon auf dem Boden, mit den Beinen in der Luft. – Mit einem Satz war der Steuermann bei ihm und half ihm aufzustehen. Der Kapitän lächelte sauer, nein, er habe sich nicht weh getan, es sei nichts, aber er, der Steuermann, solle sich lieber in acht nehmen, er solle doch vorsichtig mit seinen Bewegungen sein, so ein Sprung könne wirklich gefährlich werden. – »Nein«, grinste der Steuermann, »ich denk' nicht mehr daran, schon sieben Tage, daß man nichts mehr merkt, jetzt turne ich herum, so viel ich will ...«, und um es zu veranschaulichen, machte er gleich eine Kniebeuge, »ich bin schon längst gesund!« – »Das kann man nie wissen ...« – sagte der Kapitän, da gab ihm Gott eine Erleuchtung. »Silbernitrat ...! Es brennt zwar furchtbar, das muß ich Dir leider gleich sagen, aber vorher kann man nicht behaupten, daß man gesund ist oder krank. Fünf- oder sechsmal, um ganz sicher zu sein. In den nächsten fünf oder sechs Häfen.« Der Steuermann sah wieder vertrauenerweckend weinerlich aus. »Ich sag es Dir in Deinem Interesse. Im nächsten Hafen fängst Du gleich an. Und bis dahin Milch, Milch und Milch«, und der Bootsjunge schaute ihn aufmerksam mit hellen Augen an. Dann begann er eine Banane zu schälen.

Man hat nie einen Tag Ruhe, dachte der Schiffskapitän, es wurde wieder einmal gefährlich. Aber das Schicksal ließ sich vielleicht noch abwenden, nur galt es, sich zu beeilen, fünf oder sechs Häfen, wenn man die Zeit richtig ausnutzt, ist das Spielraum genug, vorher muß die Sirene gefunden werden. – Aber er ging trotzdem besorgt in seine Kajüte zurück. Ob der Bootsjunge absichtlich die Seifenlösung so dick genommen hatte ...? Daß er damals etwas gemerkt haben konnte, war ganz und gar nicht ausgeschlossen, der Kapitän war doch viel später aus der Kajüte herausgekommen, und der Schiffsjunge hatte sich wahrscheinlich inzwischen auf die andere Seite gesetzt, um jeden Verdacht zu beseitigen. Es war verwirrend und störend; nicht, daß das Kainszeichen auf seiner Stirn ganz richtig brannte, immerhin juckte es; und die beiden Teppiche lehnten zusammengerollt in der Ecke.

Der Schiffskapitän fuhr immer weiter herum, der Himmel war sommerlich und wolkenlos, aber der Kapitän hockte fortwährend in seiner Kajüte, er war mißtrauisch, er berechnete angestrengt immer neue Kurse, es galt, bis zum letzten die Zeit auszunutzen. Aber schließlich begann der Proviant auszugehen, bald würden sie an Bord auch kein Wasser mehr haben, er sah sich gezwungen, den Kurs auf den nächsten Hafen zu richten. »Schließlich ist es nur der erste von sechs Häfen«, sagte er sich, aber es war kein richtiger Trost, und am liebsten wäre er überhaupt nicht an Land gestiegen. Doch er konnte sich vor der Mannschaft keine Blöße geben, und so verbrachte er, nachdem er reichlich Socken und einen Kalender gekauft hatte, die ganze freie Zeit im Kino.

Als der Film zu Ende war, kehrte der Schiffskapitän an Bord zurück und wollte die Befehle zur Abreise geben. Der Steuermann war nicht da. Aber das war verständlich. Bei solchen Ärzten ist das Wartezimmer immer gespickt voll, es dauert endlos, bis man drankommt, und daß er dann direkt im Eilschritt zurücktrabt, das kann man bei dem Brennen wirklich nicht verlangen. Und der Kapitän spazierte geduldig auf dem Deck auf und ab. Er hatte immerhin noch vier bis fünf Häfen vor sich, und auch das nur im bösesten Falle: es war ja nicht gesagt, daß es sich dann herausstellt, daß der Steuermann geheilt ist. Aber schließlich dauerte es doch zu lange, da war wieder einmal was los, der wird doch nicht wegen des bißchen Brennens so viel Geschichten machen. Endlich hielt ein Wagen vor dem Schiff, heraus sprang der Steuermann, zahlte den Kutscher, umarmte umständlich eine rotgekleidete Negerin, die sich aus dem Wagen herausbeugte, mit vier Sätzen war er an Bord, winkte der Negerin zu, die Negerin winkte zurück; er stellte sich breit vor dem Schiffskapitän auf, meldete grinsend und strahlend: »Silbernitrat ist altes Zeug, hat der Arzt gesagt, jetzt gibt es was Gescheiteres, Sulphonamide, man schluckt ein paar Pillen und denkt nicht mehr dran ...«, salutierte, lief pfeifend zum Mast, kletterte wie ein Affe hinauf, von dort winkte er weiter. Haltung, dachte der Schiffskapitän, sonst ging ihm nichts durch den Kopf, und er sagte mechanisch zu den Matrosen: »Jetzt können wir endlich wegfahren ...!« Das war kein glücklicher Satz, und der Kapitän biß sich die Lippen. Er gab automatisch die Befehle zur Abreise, er ging automatisch in seine Kajüte zurück, auf dem Deck lagen Bananenschalen herum, er war ganz betäubt. Betäubt machte er die linke Schublade auf, dann machte er sie wieder zu, betäubt schlug er das Heilige Buch auf, das Silberpapier lag vor den sieben Pfaden der Erlösung, er schlug es wieder zu, betäubt schlug er die Einführung in die moderne Physik auf, ein unbeantworteter Brief lag als Lesezeichen in der Mitte der Einleitung, er schlug sie wieder zu, aber den Schiffsjungen muß er sich nächstens richtig vornehmen, wenn das so weiter geht, ist das ganze Deck ein einziger Misthaufen, aber er muß sich in acht nehmen, daß man ihm seine Überreizung nicht anmerkte. Es wird klar und ruhig gesprochen, jeder Satz ein Peitschenhieb, Respekt und Disziplin. Und er setzte sich betäubt an seinen Tisch und rechnete automatisch an seinem Kurs weiter, ... nur um irgendetwas zu tun, er glaubt an das Ganze nicht mehr recht, irgendwie hatte er schon die ganze Sache aufgegeben, er hatte verzichtet. Und bald legte er sich nieder und schlief ein.

Am nächsten Morgen fragte ihn der Schiffsjunge, wie ihm der Film gefallen habe.

Das war der Gnadenstoß, der Kapitän schloß sich in seine Kajüte ein, hier war er wenigstens sicher. Er legte sich aufs Bett, zum Schluß wird man wirklich müde, wenn man alles versucht hat und nichts klappt, man fühlt sich immer vereinsamter. Herr, Herr, warum hast du mich verlassen? ... Alles war zwecklos gewesen, das Schicksal hatte es eben nicht gewollt, er war rettungslos verdammt, es waren auch wirklich alle gegen ihn, er wußte es ganz genau, das war bestimmt keine Einbildung von ihm, er war leider objektiv genug, das mußte man ihm lassen. Bald würde ihm auch die Mannschaft nicht mehr gehorchen, und der Anführer wird wie immer der Steuermann sein, mit seinem furchtbaren Nacken, Gott wie er ihn haßte, einer von ihnen beiden war hier an Bord überflüssig, – aber die Filmschauspielerin war blond und schön gewesen, mit welcher Zartheit, mit welcher Hingabe hatte sie am Schluß ihren Mund diesem Trottel zum Kuß hingehalten ... – und jetzt irgendwie, wie ein Gespenst, irgendetwas tun, die linke Schublade aufräumen, von den sieben Pfaden der Erlösung lesen, am Kurs weiterrechnen ... aber heute hatte er einfach die Kraft nicht dazu, er war richtig erschöpft, wenn überhaupt nichts klappt, wird auch das Einfachste eine unüberwindliche Aufgabe, man verliert das Vertrauen in sich selbst, wenn man wenigstens jemanden hätte, mit dem man ein paar Worte wechseln kann, aber bei dieser Isolierung ... Und einen Tag Nichtstun kann er sich schließlich gestatten, morgen, wenn er richtig ausgeschlafen ist, bringt er endlich alles in Ordnung, das sind doch Schwierigkeiten, die sich überwinden lassen, und dann bleibt einem wenigstens die moderne Physik und das neue Denken. Sein Mund war schal, Schokolade hatte er auch keine mehr – wegen dieses blöden Films gestern hatte er richtig vergessen, Schokolade zu kaufen, er rollte sich auf dem Bett zusammen und dachte an die Filmschauspielerin. Und so verging noch ein Tag, und der Kapitän zwang sich, an Deck zu gehen und Befehle zu geben, an die er nicht mehr glaubte. Kein verdächtiger Ton bei der Mannschaft, kein verdächtiger Blick. Der Steuermann saß allein an seinem Steuer, der Schiffsjunge saß allein mit seiner Detektivgeschichte. Aber der Kapitän wußte, das war alles Verstellung, vielleicht war es auch eine letzte Hoffnung auf das doppelte Gehalt. Sie zwangen sich, noch daran zu glauben, aber mit jedem Tag wird ihr Zweifel lauter, er hatte so euphorisch und so sicher von seinem Ziel gesprochen, so eine Blamage würde er einfach nicht überleben. Und er ging in seine Kajüte zurück, auf dem Deck lagen wieder Bananenschalen herum. Er schaute sich um, niemand sah ihn, und er schob mit dem Fuß vorsichtig die Schalen bis zum Rand des Decks. Dann schaute er sich noch einmal um und stieß sie mit dem Fuß ins Wasser. – »Man muß alles selber tun ...!« stöhnte er, und er erzählte sich wieder einmal seine Geschichte vor, die war inzwischen viel länger und viel trauriger geworden. Das große Paket mit den Socken stand immer noch ungeöffnet da, der Rahmen war leer, kein Kurs führte zu den Sirenen, irgendwo lag der neue Kalender herum und zeigte den 1. Januar. Aber vielleicht hatte er es falsch angepackt, mit seiner dummen verkrampften europäischen Einstellung, wie locker war alles bei seinem Freunde, dem Kapitän aus dem Osten – ganz Europa hat es falsch angepackt, es geht nicht um Willen, es geht nicht um Programm, es geht nicht um vorberechnete Kurse, je mehr man rechnet, desto mehr kommt man von den Sirenen ab, Sirenen sind

Töchter des Zufalls, dieses Mal überläßt er es dem Meer, das Meer treibt ihn vielleicht in die richtige Richtung. Und morgen macht er endlich Ordnung in der Schublade links, heute war er zu verblödet dazu, er hatte einfach nicht die Kraft, inzwischen legte er sich aufs Bett, er rollte sich ganz zusammen, irgendeinmal würde er vielleicht den Gesang der Sirene hören.

Aber am nächsten Tage war der Kapitän noch verblödeter, er hatte Kopfweh, er gönnte sich noch einen Tag Anarchie, er konnte sich doch nicht von seinen Pflichten einfach auffressen lassen, man tut und tut und tut und tut, und wenn die anderen überhaupt nichts für einen tun, hat man es schließlich satt – er rollte sich noch mehr zusammen, draußen war Alltag, draußen war Herbst, draußen wurde die Mannschaft jeden Tag enttäuschter und höhnischer – man schluckt ein paar Pillen und denkt nicht mehr dran, und so beginnt die Herrschaft der Steuermänner. Europa ist rettungslos, auf dem Meere schwärmen die Haifische, hier auf dem Bett war es warm, hier konnte er endlich einmal richtig ausruhen, bei Gott, er hatte es nötig – und die Filmschauspielerin war schön, vielleicht ist die Sirene wie die Filmschauspielerin, er sah sie so genau vor sich, wie wenn sie vor ihm stünde, mit welcher Zartheit, mit welcher Hingabe hielt sie ihm ihren Mund zum Kuß hin.

Und die Sonne ging unter und die Sonne ging auf über das Meer, und auf dem Meere trieb ziellos ein Schiff herum, und auf dem Schiff gab es eine Kajüte, und in der Kajüte gab es zwei zusammengerollte Teppiche und ein Bett, und auf dem Bett lag ein zusammengerollter Schiffskapitän, er rasierte sich nicht, er wusch sich nicht, sein Speichel träufelte auf die Bettdecke, er lauschte auf das Lied der Sirene. Vielleicht war es kein Lied, es war eine Getragenheit, eine Zuflucht, ein Glück, es war das Stillen eines ungekannten Hungers, es war zu schön, vielleicht war es der Tod, er konnte nicht mehr zurück, es war die einzige Rettung vor dem Steuermann.

Und die Sirene sang:

GESANG DER SIRENE

Zart und hingebungsvoll halte ich dir meinen Mund zum ersten Kuß hin, und es gibt keine Mißverständnisse mehr zwischen uns, und von heute an leben wir ewig zusammen, in einer lichten Wohnung mit Zentralheizung;

und ich bin eine Zigeunerin, und ich bin wild und böse, und du hast Angst vor mir, und zum Schluß glaubst du, du hast mich bezähmt, aber mein Haar ist unbezähmbar;

(Negerin)

und ich bin schön und edel und sanft, und ich bin die letzte meines Geschlechtes und habe müde Hände mit langen Fingern und frage dich zögernd, ob du Freitag zum Tee kommst;

und ich bin eine Fausse-Maigre und sanft und mütterlich, aber ich weiß sehr viel, und so bin ich wohl auch ironisch; jetzt habt ihr mir noch die Hormone entdeckt, schlaf, Kindchen, schlaf;

und ich bastle und bin konkret, und wenn Kurzschluß ist, bringe ich das elektrische Licht wieder in Ordnung, du verstehst doch nichts davon, und Stenographie kann ich auch, du brauchst mir nur zu diktieren;

und ich bin unerbittlich und gerecht und königlich, und was mir nicht ebenbürtig ist, verachte ich, und das Hosennähen überlasse ich den Schneiderinnen;

und ich bin ein Kind, und du führst mich an der Hand, und du erklärst mir die Welt, und dann essen wir zusammen Vanilleeis mit Schlagsahne auf der hellen Esplanadaterrasse;

und ich habe eine Zigarette im Mundwinkel und die Hände in den Taschen meines Tailleurs und den Tennisschläger unter dem Arm, und ich gehe lachend mit einer Freundin an dir vorbei;

und ich bin unmittelbar und male aus dem Unbewußten, und hoffentlich schickst du mir bald etwas Geld, dann hole ich den Pullover in der Putzerei ab, und vielleicht stelle ich meine Bilder in Paris aus;

und ich bin achtzigjährig, und zu meiner Zeit hat man noch von der Schönheit gewußt, mein Porzellan war schön, meine Spitzen waren schön, am schönsten war es, als ich zum ersten Mal nach Italien kam;

und meine Mutter ist eine Kuh, und mein Vater ist ein Schwein, und hilf mir, ich habe sonst niemanden als dich, aber paß auf, mir nichts, dir nichts bist du kompromittiert, und dann ist der große Skandal los;

und ich bin die Kommunistin mit der Aktentasche, und sobald sich bei mir die ersten Anzeichen einer sexuellen Unruhe einstellen, erledigen wir gefälligst die Angelegenheit so sauber und sachlich wie möglich;

und ich bin sechzehnjährig und lasterhaft, und im Haustor geht es gleich los, Gott, war ich vor zwei Jahren noch dumm, aber bis zum Haustor dauert's zu lang, zahl' mir inzwischen noch einen Martini;

und ich bin dick und gemein und bin die große Hure und suche Flöhe zwischen meinen Schamhaaren und halte dir meinen Arsch zum Kuß hin und singe dazu mit meiner hohlen Stimme – und während ich singe, lösen sich die anderen von dir ab und wenden sich einander zu, du brauchst sie nicht mehr, sie brauchen dich nicht mehr, sie beißen sich, sie verknäulen sich ineinander, sie lieben sich, sie saugen sich aneinander an, vergessen dich und sich, ein einziger ächzender wimmernder Leiberknäuel, du kannst sie nicht mehr unterscheiden, wo ist Greta Garbo, wo ist Lilli Marlen? – Frauen, Molche, Harpien? – es sind die Sirenen des Schlammes, und ihr Wimmern ist mein Gesang, höre, wie es aus dem Geknäuel ihrer Leiber tönt, es übertönt das Brüllen der Mannschaft draußen, vergrab dich immer mehr in mir, morgen ist noch ein Tag, das neue Leben, mein Lied wiegt dich heut ein, es wiegt besser ein als das böse Schaukeln des Schiffes draußen, dort gibt's den Steuermann, dort ist es kalt, die Büchersäulen sind zusammengestürzt, die Scheiben des zerbrochenen chinesischen Teekessels liegen herum, und wüster als je ist die Unordnung in der Kajüte – mein Lied ist warm wie warmer warmer Sumpf, Meer ist nicht mehr und Himmel ist nicht mehr, noch einen Augenblick, noch einen Augenblick, hör auf das Lied, ich singe dir dein Leben, denn wo ist die Grenze zwischen Gesang und Leben …? –

Eine Grenze gab es anscheinend doch, und der Schiffskapitän war anscheinend an die Grenze gelangt, die Sirene des Schiffes gellte ins Fleisch hinein, es gab einen plötzlichen Krach, der Schiffskapitän lag im Wasser.

WALFISCH

Ganz betrunken, erzählt er von den Sirenen. Alle fangen zu lachen an. Er schaut sie ganz verwirrt und verdutzt an, dann fährt er los: Kellner, noch einen Schnaps! Und wenn ihr mir nicht einmal glaubt, daß ich mit einer Sirene verlobt war; ha, das ist lange nichts – ihr glaubt mir nicht, ihr habt keine Phantasie, aber ich, ich könnte Euch sogar erzählen, wie ich im Bauch des Walfisches herumgefahren bin – und alle brüllen vor Lachen –, denn wie bin ich auf diese Insel gekommen? – Im Bauche des Walfisches – ihr habt keine Phantasie, ich habe welche auch für Euch, und schwören könnte ich Euch, so wahr wie zwei mal zwei vier ist, so bin ich durch das Weltmeer getragen worden – Ihr habt keine Phantasie, murmelte er ganz traurig, es war, als habe er das Spiel aufgegeben, dann plötzlich: Schnaps, Schnaps für alle, und er warf seine Uhr auf den Tisch hin. »So erzähl doch endlich, wie es im Bauche des Walfisches war ...«, aber der Kapitän war mißtrauisch: Ihr habt überhaupt keine Phantasie mehr und glaubt schon lange nicht mehr an Reisen im Bauch des Walfisches – und wenn ihr schon dran glaubt, dann stellt ihr euch vor, man sitzt brav und bequem, und es ist elektrisch beleuchtet, und die Türe links führt direkt in die Badestube, ja? und an der richtigen Haltestelle wird man herausgelassen, und der Walfischdirektor sagt, die Ehre war ganz seinerseits, fügte er ganz höhnisch hinzu (das Ganze war nämlich ironisch gemeint) – aber ich, ich (hier schlug er sich auf die Brust) hab es erlebt, wie es im Bauch des Walfisches zugeht, aber wenn ihr grinst und nicht glaubt, daß ich im Bauche des Walfisches war – sagte er ganz drohend – dann sackte er zusammen: ... ihr habt keine Phantasie – (Pause: verächtlich:) keine Phantasie – und er schwieg und brütete vor sich hin.

»So erzähl doch endlich, wie es war ...« – Wie es war, fuhr er auf, wie es war? wie es war? Dunkel ... dunkel ... dunkel ... (mit gerunzelter Stirne, zusammenfassend:) Schwarz! Und man ist so allein, so allein, so allein, und man hat keine Frau mehr, und die hat blaue Flecken auf dem Leibe (hier wurde seine Stimme ganz weinerlich) – und um einen herum wälzt sich alles, was war und ist und sein wird, aber man kann es nicht sehen, so schwarz ist es, und alles stinkt, und wißt ihr, warum alles stinkt? weil man es nicht sehen kann, so schwarz ist es – und hier begann er erbärmlich zu schluchzen, und er sprach nicht weiter ...

»Aber sei doch ruhig, du bist doch wieder herausgekommen ...«

Herausgekommen? brüllte er, herausgekommen? So schön glatt herausgerutscht, sagte er höhnisch, herausgerutscht auf dem eingeseiften Arsch ... Herausgekommen ... murmelte er fassungslos und beleidigt, er fühlte sich unverstanden ... Plötzlich brüllte er sie an: Herausgespieen wird man (mit tiefstem Ekel), herauskriechen muß man, herausgespieen wird man, herauskriechen muß man (Pause – ganz in sich versunken:) herausgespieen und herausgekrochen (es klang, als ziehe er die Summe sämtlicher Demütigungen seines Lebens – dann dumpf vor sich hin:) Herausgespieen wird man nur, wenn man herauskriecht, herauskriechen kann man nur, wenn man ausgespieen wird (er schaute streng um sich herum), und kriecht man nicht heraus, wenn man herausgespieen wird, und wird man nicht herausgespieen, wenn man herauskriecht (er schaute alle mit dämonischer Wichtigkeit an), ist dieser Augenblick verpaßt, versteht ihr, dieser einzige Augenblick (seine Schultern fielen zusammen) … sitzt man weiter im Dunkeln und weiß nicht, wird man noch einmal herausgespieen, wird man noch einmal herauskriechen können … (verzweifelt) das Ärgste ist, daß man eigentlich nicht aus dem Bauch des Walfisches herauswill, schließlich ist es warm, schließlich stinkt es (ein neuer Gedanke zuckte in ihm auf:) Denn wohin wird man schließlich schon herausgespieen? – in süßlichem Predigerton mit ausgebreiteten Armen: in diese Welt wird man herausgespieen; aber was ist schon diese Welt: (verkündend:) nichts als ein Sandkorn im Bauch eines noch größeren Walfisches … ihr habt keine Phantasie, sagte er ergeben, aber plötzlich streckte er die Hand aus mit erhobenem Zeigefinger: schließlich ist es warm, schließlich ist man geborgen, und es genügt, nicht zu rutschen, wenn man ausgespieen wird, aber man hat ein böses Gewissen und weiß, man muß es tun, es treibt einen, es treibt einen unwiderstehlich, und man sitzt da, gelähmt vor Angst, und betet zum lieben Gott und lauert auf sein Morgengeknurre, wird man ausgespieen, wird man nicht ausgespieen, hoffentlich spuckt er noch nicht, hoffentlich spuckt er noch nicht (und er begann bitterlich zu weinen) …

– »Aber man müßte doch zufrieden sein, bei dem Gestank …«

– Der Kapitän bekam einen Wutanfall: Seht ihr, wie ihr überhaupt nichts versteht, der Gestank ist doch das Schönste dran … es ist der Gestank von allem – Ewigkeiten später beginnen die schönen Düfte, aber es ist der Duft des einzelnen – ein Duft schließt den anderen aus – aber drin der Gestank, das ist die Welt, bevor es ihr einfiel, daß sie erlöst werden muß, alles stinkt im Einklang, es ist noch alles da … und draußen Meer und Jod, das macht doch gesund, wer will denn saubere Lungen haben (ein neuer Gedanke zuckte in ihm auf:) Denn wohin wird man schließlich herausgespieen? – (in süßlichem Predigerton mit ausgebreiteten Armen:) – in diese Welt wird man herausgespieen … Aber, was ist schon diese Welt? (verkündend:) Nichts als ein Sandkorn im Bauch eines viel größeren Walfisches – Ihr habt keine Phantasie, sagte er ergeben, aber plötzlich streckte er die Hand aus mit erhobenem Zeigefinger: Aber wird diese Welt einmal ausgespieen, sage ich Euch, wird diese Welt einmal herauskriechen, nein, nicht herauskriechen, ausgespieen wird sie, brüllte er, ausgespieen, – und hier übergab er sich, sein Kopf fiel auf den Tisch, und er schlief ein.

– Als er am Morgen aufwachte, hatte er Kopfschmerzen, die zerfetzte Uniform war vom Schnaps, den er erbrochen hatte, arg beschmutzt. Er hatte ganz vergessen, was er gesprochen hatte, er mußte weitergehen, er wird nie mehr einen Schnaps trinken können, in der Tasche hatte er eine einzige Münze, er machte sich auf den Weg und ging und ging und ging und kam in einen Wald.

Pfui (verächtlich): Die können sich nicht einmal vorstellen, wie es im Bauch des Walfisches ausschaut – er war ganz aufgeregt –, ein Walfisch ist ein Schiff, nur ist alles durcheinander, Maschinenraum und Salon und Kabinen durcheinander geworfen – vielleicht kennen sich andere aus, aber ein Schiffskapitän hat alles gesondert erlebt, und spürbar ist nur der Gestank.

Nach einiger Zeit verbreitete sich die Nachricht in der Stadt, daß das Schiff des Kapitäns Schiffbruch erlitten habe, und daß er mitsamt der Mannschaft ertrunken sei. Ein Dampfer, der gerade in den Hafen eingelaufen war, hatte in der Nähe einer Koralleninsel Planken des Schiffes treiben sehen und hatte die Leichen einiger Matrosen geborgen.

Auf die Frau machte die Nachricht gar keinen Eindruck, sie rauchte weiter und trank und spielte weiter; nur war sie beim Spiel zerstreuter geworden, sie warf gleich die erste Karte hin, die ihr in die Hand kam, und der Einäugige begann sich zu langweilen, warum sollte er weiterspielen, wenn er nicht einmal verlor.

Und so kam die Frau tagsüber weniger in die Kneipe, und da sie weniger mit den dreien saß, war sie auch nicht mehr ununterbrochen betrunken. Aber zu Hause langweilte sie sich, da kaufte sie neue Oleanderstöcke und begann, sie regelmäßig zu gießen. – Schade, dachte sie, daß man die Leiche meines Mannes nicht gefunden hat, ich hätte sie so gerne in der roten Hose begraben lassen, vielleicht findet man sie noch, vielleicht bringt einmal ein Schiff seine Leiche in den Hafen, Leichen von Schiffsbrüchigen haben immer ein zerfetztes Hemd an, ich muß auf alle Fälle eine rote Jacke nähen. – Und so saß sie wieder an der Nähmaschine und nähte die rote Jacke, und sie war so in ihre Arbeit vertieft, daß sie nicht einmal merkte, daß es Abend geworden war, am Abend hatte es sie bisher immer unwiderstehlich in die Kneipe gezogen, an diesem Abend legte der Einäugige Solitäre, der Blatternarbige stierte betrunken vor sich hin, der Einbeinige gab ersichtliche Anzeichen von Unruhe, er spielte nicht, er trank nicht, er hatte nichts zu zwicken.

SCHIFFSKAPITÄN, SCHIFFBRUCH

Der Kapitän war aber gar nicht ertrunken. Er hatte lange und sicher sein Schiff von Hafen zu Hafen geführt, hatte fremde Küsten gesehen, hatte die Karten studiert, hatte durch das Fernrohr in die Ferne geschaut. Einmal aber geriet das Schiff in eine Strömung, die auch auf den neuesten Karten nicht eingezeichnet war, und kaum hatte es der Kapitän gemerkt, da ging auch schon ein furchtbarer Sturm los, das Schiff zerschellte an einem Korallenriff, die Mannschaft wurde von den Wellen verschlungen. Der Kapitän wurde von den Wogen immer wieder emporgeworfen, immer wieder von ihrem Wirbel in die Tiefe zurückgesaugt und nur mit verzweifeltem Schwimmen gelang es ihm, sich über Wasser zu halten. – Der Sturm ließ immer mehr nach, die Wellen legten sich immer mehr, aber der Kapitän war immer erschöpfter und widerstandsloser, und als das Meer sich schon fast ganz geglättet hatte, war er so müde geworden, daß er das Schwimmen vollkommen aufgab. Er war so müde, er wollte nicht weiterschwimmen, die Müdigkeit war schön, das Meer war schön, nun nicht mehr schwimmen, nicht mehr Schiffe lenken, aufgehen in ihnen, in Müdigkeit und Meer … »Ihr Fische, ihr Algen, ihr Quallen.« – Aber da kam unerwartet noch eine letzte gewaltige Welle, hob den Kapitän und warf ihn auf eine runde Koralleninsel. Sein linkes Bein stieß gegen eine Korallenspitze. Er versuchte, mit der Hand das Blut zu stillen, und als er die Hand zum Mund führte, war das Blut in seinen Adern salzig wie das Wasser des Meeres.

– Nicht einmal aufgehen darf ich in Euch, o Müdigkeit, o Meer, bis jetzt habe ich in die Ferne geschaut und habe das Meer nicht gesehen, bis jetzt habe ich die Karten studiert und habe mein Blut nicht gekannt, jetzt kenne ich die Fische und die Algen und die Quallen des Meeres, jetzt kenne ich die Fische und die Algen und die Quallen des Blutes, o Salz des Meeres, o Salz des Blutes, und jetzt bin ich verurteilt, mich mitten im blauen Meer auf einer roten Scheibe immer wieder im Kreise zu drehen, bis ich verhungere und verdurste. – Und so hinkte er, aussichtslos vom Hunger gequält, vom Durste gepeinigt, im Kreise herum, bis er bewußtlos auf den roten harten Korallenboden niederfiel.

Ein Naturforscher kam nach sieben Tagen mit einem Boot von seinem Schiff auf die Koralleninsel, die er noch nicht kannte. Er steckte sein Thermometer ins Wasser, schlug mit seinem kleinen Hammer die selteneren Korallenspitzen ab, auf die er gleich mit seinem Speichel Etiketten klebte. Ganz zum Schluß, als er befriedigt in sein Boot zurückkehren wollte, entdeckte er den leblosen Leib des Kapitäns, nahm an, daß es sich um einen Ureinwohner des Riffes handle, ließ ihn in sein Boot schaffen, von dort aus in sein Schiff. Er sperrte den Kapitän in einen Käfig und flößte ihm mit Vorsicht Lebertran und Hormone in den Mund. Der Kapitän kam nach und nach wieder

zu sich, nur war ihm vom Lebertran und von den Hormonen so übel, daß er nicht sprechen konnte. Und erst als das Festland in Sicht war, war er so weit, daß er die ersten Worte herausbrachte. Als aber der Naturforscher erfuhr, daß er ein gestrandeter Schiffskapitän sei, kümmerte er sich nicht weiter um ihn und ließ die Türe des Käfigs offen.
– Und so stand der Kapitän ganz allein in einem ganz fremden Hafen, er schaute aufs Meer hinaus, er hatte kein Fernrohr mehr, er klagte: Hier stehe ich nun, ich armer Schiffskapitän, mein Schiff ist zerschellt, meine Mannschaft, die mir gehorchte, ist ertrunken, die Kajütenkoffer mit meinen schönen Uniformen, weiße für den Sommer, blaue für den Winter, sind vom Meere verschlungen und mit ihnen mein schwarzer Anzug auch, ich kann nicht mehr zu Hochzeiten und zu Beerdigungen gehen, mein Bein ist verletzt, mein Hemd ist zerrissen, meine Hose zerfetzt, o hätte ich wenigstens die rote Hose hier, aber die liegt zu Hause in der schwarzen Truhe. Ich will wieder nach Hause gehen, meine Frau hat blaue Flecken auf ihrem Leibe, und ihr Atem stinkt, und ihre Stimme ist heiser, ich werde die Augen schließen, ich werde mir die Nase zuhalten, ich werde mir die Ohren zustopfen, aber ich will die Hose, die rote Hose, haben. –

Und so wanderte er über Brücken und durch Schächte, und in Sommertagen sengte die Sonne und er hatte nicht die weiße Uniform an, und in Winternächten pfiff der Nordwind, und er hatte nicht die blaue Uniform an, und durch Sommer und Winter wanderte er in seiner zerfetzten Hose, und er erfuhr, daß im Sommer die Sonne sengt, daß im Winter der Nordwind pfeift, und im Wandern sah er die Tiere und die Pflanzen und die Steine der Erde, er hatte sie bis jetzt nie gesehen, er war ein Schiffskapitän, er hatte auf dem Meere gelebt. Und nach Sommer und Winter kam er endlich in seinem Heimathafen an, allein, von der Landstraße aus, zu Fuß, ja mit blutenden Füßen, bis jetzt war er immer vom Meer aus eingefahren, auf seinem Schiff, und mit einer Mannschaft, die ihm gehorchte. Von weitem schon sah er, wie vor dem Tore seines Hauses der Hund mit einem Knochen spielte, da beschloß er, nicht die Augen zu schließen, er näherte sich dem Hause, es strömte ihm der Duft der Oleander aus dem Fenster entgegen, und er entschied, sich nicht die Nase zu halten, und er entschied, sich nicht die Ohren zuzustopfen.

Da hatte er es, das neue Leben – der Schock des kalten Wassers war sehr stark, und das war das einzige, was ihm einfiel – was ihm nicht einfiel, und was er tat, war, daß er tüchtig zu schwimmen begann – nach dem langen, langen Liegen war es fast eine sportliche Freude, wie er mit jeder weiteren Bewegung nach vorne kam – er war plötzlich glücklich; jetzt hatte er es heraus: was er sein ganzes Leben gesucht hatte, war der Schiffbruch, es war die große Befreiung ... Seine Frau konnte ihn, und auch der Steuermann konnte ihn – allein, allein auf dem unendlichen Meer –, aber er schaute sich vorsichtig um, ob man nicht doch etwas vom Steuermann merkte –, sonderbar, daß man vom Schiff überhaupt nichts sah – wo war er eigentlich: Längengrade und Breitengrade? – und das Meer war still und sanft, aber verdammt, nirgends Erde zu sehen – wie hatte er sich damals Schiffbrüche vorgestellt – das Meer verschlingt, und die Frauen schauen von ferne zu – das täte ihr so passen –, und er schwamm und er schwamm, das täte ihr so passen, daß das Meer einmal seine Leiche an den Strand wirft, dann würde sie endlich sicher sein, daß er nie wiederkommt – und wenn sie seine Leiche sieht, kommt sie vielleicht noch einmal drauf, was ihr fehlt, und was er ihr eigentlich wirklich bedeutete und was sie mit ihm angefangen hätte – fahl und blaß liegt er da – verdammt, eine Wasserleiche, nicht dran denken, nicht dran denken – und er schwamm wütend und angestrengt, irgendwohin – sagen wir, der Sonne nach – das Wichtige, daß man die Richtung einhält, daß man nicht im Kreis herumschwimmt, dann ist die letzte Chance verloren – vielleicht Land, vielleicht der Tod, Angst hatte er keine, eine sonderbare Sicherheit, oder war die Sicherheit nur so groß, weil darunter die Angst so groß war – und sonderbar, das Schiff war verschwunden, es gluckste nicht einmal aus der Tiefe – es sind alle ertrunken, anscheinend – wenn der Steuermann nicht ertrunken ist – und er schaute sich wieder einmal um, war das Ganze zwecklos gewesen – und er schwamm, und das ganze Leben müßte an einem vorüberziehen – sonderbar, wie bürokratisch er war, nichts zog vorüber, nicht einmal ein Gedanke an seine Frau, wenn ihn das Biest nicht von zu Hause fortgetrieben hätte, er geht an ihr zugrunde, es geschieht ihr recht, das hat man davon –

er schwamm nach Osten, dem Orientalen entgegen – einmal der Sonne entgegengeschwommen, Sozialismus – aber da war die Nacht, und zum Schluß schwamm er trotzdem der Sonne entgegen – Billigkeit des Symbols, daß man der Nacht entgegenschwimmt, Akzeptanz des Todes, bewußt in die Nacht –

Die Fische und die Algen und die Quallen des Meeres

ein ferner roter Punkt – und er schwamm und er schwamm und er schwamm, und der rote Punkt wurde nicht größer –

genug, das Meer, aufgehen im Meer, es hat keinen Zweck, rettungslos – jetzt müßte er allen verzeihen, alles vergeben, alles im Tode – es müßte feierlich sein – er gibt das Schwimmen auf, und folglich schwimmt er immer wütender – Koketterie mit dem Tode, er wußte um seine Unsterblichkeit –

Jugenderinnerungen, alle Schichten müßten frei sein – im letzten Augenblick vor dem Tod versteht man den Komplex – aber er war nicht vor dem Tode, und die Toten wissen von ihren Komplexen nichts mehr – er wird niemals den Komplex erkennen –

Sterben – das läßt ihn ganz kalt – aber beim Gedanken, daß ihm ein Haifisch ein Bein wegschnappt, ist er gelähmt und fahl – ein Einbeiniger, weiß Gott, ob er schwimmen kann – ihr werdet es nicht glauben, aber es war wirklich so – ein Bein versuchte er steif zu halten – er war mitten im Meer, es ging um Leben und Tod, und er hatte einen roten Punkt vor Augen, und das konnte die einzige Rettung sein, denn er war etwas größer geworden, und der Trottel machte Experimente –

verblödet weiterschwimmen, nach und nach nur ein Schmerzbündel, mechanisch, ohne Bewußtsein – mitten im Meer war ein physischer Schmerz, der schwamm auf einen roten Fleck zu, und der rote Fleck wurde immer größer und größer

und die Sonne ging unter, und die Sonne ging auf, und mitten im Meere gab es einen physischen Schmerz –

ahnungslos zwischen Quallen und Korallen –

man könnte jetzt große Bewußtseinsumwälzungen erwarten, keine Spur davon – vielleicht bestand die große Wandlung nur darin, daß er ein physischer Schmerz war, durchzuckt von Bewußtseinsfetzen: das nicht zurückgegebene Buch, geliehen und zurückverlangen, und irgendwo Nylonstrümpfe – der Tod, und ein Einbeiniger braucht nur einen einzigen Strumpf – eine imitierte Palme, und das einzige Zeichen der Wandlung, wenn er wieder in einem Lokal sitzt, Wein, Wein, kein Bier ... er sah das Chateau vor sich, Sonnseite, und er kannte den Jahrgang – das war eine gute Idee, ein Glück, er hatte die Füllfeder bei sich: daß man die Sonne spürt, nicht wie hier im Wasser, idiotisches Lächeln, die Inconnue de la Seine, zu leicht, zu leicht, zu leicht, der verdächtige Lyriker – wie hat er mit dem Tod kokettiert, und als der Tod sich richtig meldete: noblesse oblige, littérature oblige aussi et on dirait, que sa littérature a été honnête (?) – sein Tod hat es bewiesen: saugt der Tod die Zweideutigkeiten auf oder sprechen die Zweideutigkeiten gegen den Tod – Ehrgeiz muß Konzequenzen ziehen – und schließlich ist alles Koketterie, ich weiß, ich entkomme, wenn ich nicht entkäme, würde ich niemals die Lebenslüge überwinden ... im Leben, *und was ist das wirklich: das Leben: der Tod an einem Dornenstich* – und so geht es in der Spirale der Lüge weiter –

über mich schreiben, denn meine Uhr ist wasserdicht – ein Schmerz durchzuckte seinen Arm vor dem Auge, es war 3.55 nachmittag, irgendwo, unten, Algen, Rosen, das ist zu leicht, und was heißt 3.55 nachmittag?

daß er den 6. Band der Korrespondenz verlieh, und er schwamm immer wütender: Ordnung nach dem Tode, man sollte keine unkompletten Werke hinterlassen: ein Glück, daß seine Muskeln fest sind, sie können sich sogar den Sang der Sirenen leisten – ein Schmerz, ein Schmerz, und daß ich noch lebe, verdanke ich nur dem berechtigten Gefühl meiner Unsterblichkeit: folglich bis zu welcher Grenze: ewig a priori – und morgen trifft einen der Schlag, dumm im Wasser gesagt – und so und so viele Minuten, er schaut auf die Uhr, 4 Uhr 12.

Das waren nur Bewußtseinsfetzen: der rote Fleck war schon sehr groß, eine Koralleninsel – sie lag schon klar vor einem, rotes Blutkörperchen – Tod des verdächtigen Lyrikers – je geringer sie wurden, desto größer die Insel –

die Insel war schon sehr groß, es war sonderbar, denken konnte er schon gar nicht mehr – die großen Mythen hätten da sein sollen, Poseidon sonderbar menschengroß, und der Mensch war ganz klein, und hieß Ulysses; und die Götter waren klein, und die kleinste von ihnen hieß Pallas Athena; und es gab den Lauf von Ebbe und Flut, und hie und da siegen die Kleinen: wie wäre es, wenn sie nie siegten – und der Kleinste hatte die klügste Waffe, und er hat gesiegt – irgendwo warten die noch Kleineren auf ihn, und jetzt dafür im Meer, so klein bin ich nicht, lieber den Tod, aber ich wählte den Tod und so half mir Poseidon – und das immer bewegtere Meer trieb plötzlich eine Welle hoch und warf ihn an den Strand –

Au, brüllte der Schiffskapitän, er richtete sich mühsam auf, auf der Koralleninsel, sein Fuß war in einen Korallenstachel hineingetreten – er blutete, die Hand griff danach, und er führte die Hand zum Munde, und das Blut seiner Adern war salzig wie das Wasser des Meeres –

dazwischen am Ende: immer erschöpfter und widerstandsloser, so müde, daß er das Schwimmen vollkommen aufgab – er wollte nicht weiterschwimmen, schön war die Müdigkeit, schön war das Meer, nur nicht mehr schwimmen, nicht mehr Schiffe lenken, SICH TRAGEN LASSEN (das hatte er davon, der verdammte Orientale) aufgehen in Müdigkeit, aufgehen in Meer – und je ruhiger er wurde, desto bewegter das Meer, und als er nicht mehr schwamm, die Welle; au sagte der Schiffskapitän –

warum gescheitert, weil es auf den Karten nicht eingetragen war – und es wird Nacht und es wird Tag, und der rote Punkt ist immer gleich fern, das Meer wird grün, und das Meer wird gelb, und der rote Punkt kommt immer näher –

immer wieder von den Wellen emporgeschleudert, immer wieder vom Wirbel aufgesaugt –

Nacht auf dem Meere, die rote Insel und das Rote des Meeres –

der Augenblick der Konfession: erhebend; alles Literatur – die Gedanken gehen im Leerlauf, *sein Körper nicht* –

der Kleinste; aber der Kleinste war an der Zeit, Ebbe und Flut, Ebbe und Flut, es ist nicht immer die Zeit der Großen, was heißt groß, und was heißt klein –

der Kapitän war dem Tode nahe, aber er war furchtbar gebildet –

aber die verdächtigen Lyriker sind groß, weil sie die Größe erkennen, geht es nicht darum, das Große zu meistern? Ulysses, wo hört das Meistern auf und wo das Überlisten – Lösungen, der Tod ist keine Lösung, ist nur ein Ende unserer kläglichen Kunst, ist die Lösung zu einer billigen Ruhe, aber nicht deswegen schwamm der Schiffskapitän, nur weil seine Muskeln weiterschwammen – Erlösungen sind nicht immer Lösungen ...

Hier die erste große Schwierigkeit des Erzählers – denn ein Mann schwimmt im Wasser herum, und was soll man da erzählen – daß er immer müder wird, und was er sich dabei denkt, und wo geht die schöne Plastik hin – und auch seine Gedanken sind nur Bruchstücke, Fetzen – und zwischen dem Unbehagen eines monologue intérieur, der ganz und gar nicht zum Ton paßt, und dem Unbehagen vor dem Eingreifen des Erzählers, wählt er letzteres, was bliebe denn sonst – und das Eingreifen des Autors bleibt irgendwie der Erzählung fremd, der Ton kann wieder aufgenommen werden, es ist nur eine Klammer, der monologue intérieur hingegen mit sämtlichen Finten der Sprachmusik, mitten in einer richtigen Erzählung – und schließlich sind wir im Meer, und der Wellenschlag greift auch in die Stimmen ein, und das Ganze ist nur eine Klammer – man kann es auch überspringen – aber so und so viele Seiten müssen doch sein zwischen Schiffbruch und Insel. Distance muß sein, und das Meer war distance – und folglich der Trick der Erzählung des Autors – DIE KLAMMER EIN EINZIGER SATZ – die bald zu Ende ist, denn Poseidon greift ein – denn der Autor ist (noch) nie konkret ins Wasser gefallen, aber als alter Routinier in Schiffbrüchen – was ging ihm da nicht alles durch den Kopf ... der unkomplette Schopenhauer (Pigmentgeschäft) ... und zum Schluß sind Grenzen und eiserne Vorhänge zwischen Dir und den Büchern – aber besser der verdächtige Lyriker, denn da ist das Meer, und die Gedanken sind von mir –

und man weiß, alle Reserven sind aufgebraucht, man schwimmt, aber eigentlich wird man getragen – und in meinem Meer schwimmt jetzt ein Schiffskapitän, Jod des Wassers, er atmet gleich wieder gut – die Nase rein und trocken –

auf dem Rücken schwimmend sich tragen lassen –

schwimmen, schwimmen, schwimmen, durch den Tag, durch die Nacht, durch den Tag ...

... das hat man davon, wenn man auf den Orientalen hört ... der Kampf mit dem großen Seeungeheuer: das große Seeungeheuer war das Meer selbst ...

Tiefe Nacht, als er ins Wasser fällt ...

der Punkt wo man
  nicht mehr ist

Enfin seul, ging es dem Schiffskapitän durch den Kopf, er lächelte. Sonst impassibel wie immer, und er begann, drauflos zu schwimmen. Wie hatte er das Schiff gehaßt, wie gut, daß alle Bücher sich im Wasser auflösten. Es war alles selbstverständlich und folgerecht, er hatte es immer gewußt, gewußt und auch gewollt, damals, als er die rote Hose abgelehnt hatte – das war die erste Vorbereitung zum Schiffbruch gewesen – wie weit zurück muß man anlangen, ein halbes Leben mit Leid und Haß und Traum und Arbeit und Stolz, was muß man alles durchmachen, um es zu einem schönen, plausiblen, durchgearbeiteten, gepflegten Schiffbruch zu bringen, die innere Logik, es von einer trockenen roten Hose zu einer endlich durch und durch nassen blauen Hose zu bringen – als Kind zog man ihm immer die nassen Höschen aus – jetzt, endlich ganz naß, ein Säuglingstraum ging in Erfüllung.

Jetzt war alles in Ordnung, plumps ins Wasser gehörte zum Programm, und wenn er es auch kannte, er wußte sogar, wo er stand, es war das Ende des Prologs – und jetzt, keine Sirenen mehr, die einzigen, die einzig wirklichen, auf den Bildern im Salon des Bordells – jetzt zum Tiamat, Tiamat, um endlich ein Weltall zu schaffen, er schwamm, und es ging ihm gut, endlich die Muskeln bewegen nach dem langen Liegen – unwürdig, Schiff und Hafen und Heim, er hatte das Meer und hatte auch ein Programm, und dann die glückliche Lösung, das Happy end – unbekannt auf unbekannter Küste, der Held, der aus dem Meere steigt, die Eingeborenen bringen die Früchte der Felder (woher sollen sonst Früchte kommen, aus dem Asphalt?) und irgendwo, im Inneren, Goldminen und Diamantenfelder (und die Wäscherinnen)

Stille, kein Radio weit und breit

bis er nicht erschöpft ist, und der nicht an den Strand geriete – er weiß es, und schwimmt automatisch weiter

Wir rollen den großen Teppich langsam auf

INSEL

Er erlebt den Tod im Wasser ... dann von Strömung getragen.

Ahnungslos zwischen Quallen und Korallen.

Er ist irritiert von dem Orientalen, das hat man davon, wenn man sich treiben läßt –

die Menschen sind klein, wo ist noch ein Alexander auf der Welt, den man bitten könnte, aus der Sonne zu gehen – wie soll man die Minderwertigkeiten überkompensieren? – Dafür Masse, er wird auf die Masse wild und entdeckt plötzlich, daß er allein ist –

Was hatte er nicht alles gutzumachen – aber auf einer unbewohnten Koralleninsel alles gutzumachen, ist nicht leicht

verletzt sich den rechten Fuß, und rotes Blut im blauen Meere (wie leicht löst sich Blut im Meer auf, bald ist alles wieder blau – wo war sein Blut?)

Lieder der Sirenen: Auprès de ma blonde – long is the way to Tipperary – Lili Marlene – Santa Lucia.

Und Kartoffelpuree, weiches, zartes, flüssiges Kartoffelpuree, viel, viel – der Fehler ist, daß immer zu wenig serviert wird – viel, viel und warm, dampfend, aber nicht brennend, und der Bauch wird voll von unten nach oben –

Ja, sagte die Sirene, und sie begann, gleich einen Berg Kartoffeln zu schälen –

(Das Wasser zieht sich immer zurück, wenn er auf der anderen Seite ist – erst als er in der Mitte stehen bleibt, entdeckt er die Landzunge).

Das Inventar einer Koralleninsel ist rasch gemacht:

Korallen, abgebrochene Spitzen, verwaschene Etiketten –

Der dürre Baum (= die imitierte Palme)

Stein

Spinnengewebe

Altes Gerümpel, ein Faß, eine zerbrochene Leiter, ein alter Nachtkasten, ein (zerbrochener) Ofen

Zerbrochener Champagnerkelch

– Ein Liebespaar hatte seine Initialen in eine Koralle eingeritzt, umrahmt von einem Herzen – und obszöne Symbole.

– Die Korallen sind verstaubt, grau, auch die immerdauernde Brise reinigt sie nicht

– Der Wind hatte in einer Mulde alles mögliche zusammengewirbelt

– Gegenstände aus seiner Vergangenheit (fast nicht zu erkennen) (ein zerrissenes Bilderbuch, unzerreißbar) (Die AUKTION)

– Schmetterlinge (sonderbar, wovon leben sie?) – aber leider keine Zigarrenkisten

– Alter Freundschaftsstempel –

Jede Umwelt ist nur Staffage

Die Verzweiflung, nicht rauchen zu können (findet einen Zigarrenstummel – macht Feuer, Zeitungspapier – Holz vom dürren Baum –

Heißhungrig, und mit zitternden Knien –

Er zittert die ganze Zeit auf der Insel (man muß nicht sagen, er zittert – es zitterte die ganze Zeit in ihm) – dann, Akzeptation

ROBINSON – (Wie ferne sind die Zeiten von Robinson! Jetzt strandet man nur auf ewig unfruchtbarer Insel, die Zukunft liegt auf dem Meer (Flottenlied), stachlig die roten Korallen, Gerümpel der Vergangenheit)

Er verhärtet sich und wird kalt und sitzt auf dem leeren Faß

Hunger – er fühlt sich immer schwächer und gleichzeitig stärker – die Irritation wird Kraft und Unternehmungslust – aber ausschlaggebend ist Samstag-Vormittag, Einsamkeit, ja, Einsamkeit zu zweien – er wollte eine Katze, aber ein Mensch …

Die Magensäuren waren sprungbereit –

Jetzt mußte er sich wieder treiben lassen, aber es war anders, damals hatte er sich doch ein Ziel geschmuggelt (die Sirenen), jetzt aber ging es wirklich ins Blaue (ins Blaue) drauflos – Leben oder Tod –

Auch ein Ureinwohner ist da, aus ganz, ganz grauer Vorzeit. Folglich heißt er: *Donnerstag Nachmittag.*

Der Kapitän denkt verfeinerte Gedanken

Höh, sagte der Ureinwohner –

Der Ureinwohner brach einen sichelartigen Ast Koralle ab, zeigte sie dem Kapitän, »Kipferl« sagte er strahlend. Dann begann er ihn langsam zu kauen. Als er fertig war, schlug er sich auf den Bauch, legte sich in den Schatten einer Koralle, streckte die Beine auseinander und begann, glückstrahlend zu verdauen –

(Die seligen Zeiten, wo die Menschheit in dieser Form das Gebet erlebte).

Kein Skelett. Folglich Ausflügler, oder von vorbeifahrenden Schiffen gerettet, oder irgendwie versäumt, das Land zu erreichen, und vielleicht erreicht, vielleicht ertrunken. Bis jetzt immer die Strömung beherrscht, jetzt von der Strömung sich tragen lassen. Das Land muß nicht ferne sein (das Treibholz des Kolumbus), die Strömung kennt er, er fährt im Faß hinaus – entweder Tod oder Land.

Er vergräbt sich in den Gesang der Sirenen und verkommt immer mehr, bis der Hunger zu groß ist – am dritten Tag fährt er weg …

Er kauert sich wie ein Fötus in einer Mulde zusammen und versucht, sich den Gesang der Sirenen zu wiederholen: und ich koche so gut, und ich decke den Tisch, und am Morgen bekommst du einen Tee, mit ganz bitterer Orangenmarmelade, in einem weißen Zimmer mit luftigen Gardinen – und mittags als erstes eine Schildkrötensuppe – Nein, korrigierte die Sirene, mittags fangen wir mit hors-d'œuvres an, Schinkenschnitten aus San Daniele mit einer leichten, schäumenden Mayonnaise und starkes schwarzes Bier – nein, verbesserte die Sirene, ganz zuerst fangen wir mit Kaviar auf Eis an, mit Toast und Butter und Zitrone und Wodka. Ja, und daß ich nicht vergesse, zum Schluß Erdbeeren, Heringe und Liptauer.

Die unmittelbare Not – alles, was nicht essentiell ist zwischen Gott und ihm, weg.

FISCHERNEST

Der Kapitän kam in der Stube der Herberge des Fischernestes zu sich. Die zwei beobachteten ihn und rauchten ihre Pfeife. »Du, er ist zu sich gekommen«, sagte A zu B. »Ja«, sagte B.

Der Kapitän schlug die Augen auf, und schaute sich fragend um. »Du, er hat die Augen aufgeschlagen und hat sich fragend umgeschaut.« Ja, sagte B.

Der Kapitän tat einen heftigen Atemzug ... »Du ...«

Der Kapitän fragte: »Wer seid ihr denn?« – »Du, er hat gefragt, wer wir sind.«

Der Kapitän hatte keine Antwort erhalten und schloß wieder die Augen. »Du, er hat keine Antwort erhalten.«

Er wälzte sich unruhig herum ... der Kapitän stöhnte: Wasser ... – »Du, er hat gestöhnt und hat Wasser verlangt.« Aber B hatte auch eigene Ideen, er war ein Original, und diesmal war sein Einfall furchtbar witzig. »Wie, wenn er nicht Wasser genug gehabt hätte.« Das war zu komisch. Die beiden lachten dröhnend und gingen hinaus. Unten erzählten sie, der Kapitän sei zu sich gekommen ... wie wenn er nicht genug Wasser gehabt hätte ... Die Nachricht verbreitete sich über das ganze Nest, ein Flug kernigen Humors ... (Ein Kind versteht es nicht, man erklärt es ihm, es versteht es nicht, es war eben ein dummes Kind ...)

Der Kapitän lag durstig im Bett, und hatte nicht die Kraft aufzustehen ... (So leben eben die Fischer, langsam, derb, ganz naturnahe ... sie haben Wurzeln, sie fassen es nicht so leicht, die anderen verdursten, aber ein Hauch der Ewigkeit.) – ...

Nichts verändert sich im Fischerdorf, der Hauch der Ewigkeit und ihr Leben und ihre Netze, sind sie nicht aus den Zeiten Homers, und homerisch ist ihr Gelächter, wenn ein Strahl wurzelechten Humors sich durch die Wolken ihrer Sorgen Bahn bricht (unerwartet) und den gemessenen Ernst ihres gerechten Daseins besonnt. Für uns, für unseren verdorbenen Magen vielleicht etwas zu derb, ach, die Misere unserer Feinheiten, und auch ihr Rhythmus, für uns, Kinder eines hastigen Zeitalters, verdorben durch unseren entarteten Intellektualismus – ewig, was sie sagen, sie wiederholen immer alles, es ist ein Ankerwerfen ... im Keim des Alls ... sie kennen die Gesetze und die Wurzeln und den Lauf der Jahreszeiten.

Spärlich sind die Begebenheiten in einem Fischerdorf, aber mit welcher Gründlichkeit ...

Auch der Kapitän war ein Intellektueller, er wußte nur – so ich-verhängt war er – daß er durstig war und Wasser wollte ...

Um die Hütte, ein kleiner Garten, für die Fremden. Lampenschirme aus buntem Papier. Ballons schaukelten im Wind. Die Reklame einer Zahnpasta. Kiosk: mit den verstaubten Zuckerln, Ansichtskarten, Streichhölzern, illustrierten Zeitungen, Getränken, Rasierklingen, Angeln, Pfeifen.

Die schmutzigen Tische.
»Lebertran Export«

einer der beiden fragt den Kapitän, wo eigentlich die Sirenen waren. »Sirenen sind immer in der Schublade links – und darum tut einem der rechte Fuß weh« – er lief verzweifelt hinaus, es war rettungslos.

Sirenen Fischfang – man müßte ohnehin die halbe Sirene wegwerfen – wir sind doch keine Menschenfresser –

(die beiden, die später die Uhr schätzen) –

HOMERISCHE TERMINOLOGIE
das dicke Kind, das ihm entgegenkommt

er kauft als erstes Zigarren, trinkt dann sehr viel, zum Schluß bleibt ihm nur die Uhr übrig –

Ihr seid Fischer, und das Meer ist nur dazu da, um Lebensmittel zu liefern, und ihr kennt die Fische, die nahe der Küste schwimmen, aber ihr wißt nichts von Sirenen

Da hast du es, das neue Leben

Nach den Fischerhütten Sand – Gang durch die Wüste

Die Einheimischen sind lustig und einfach, nur die Fremden sind traurig und doppelt – die Sommerfrischler gingen mit dem Thermometer herum, und drei Gradationen Sweaters

DAS MÄDCHEN IM WALDE

Die Stimme und der Atem des Waldmädchens waren klarer als die seiner Frau. Nicht nur der Atem war klar, alles war klar hier im Walde. »Fang mich, – Du hinkst« – mit einem Satz hatte er sie gepackt. »Au, Du zwickst mich, Du kannst nicht spielen« (er will sie trösten und küssen) – »und Du bist unrasiert und Du stinkst und Du hast rote Flecken auf dem Leibe«. Sie schaut ihn an mit der ganzen Unerbittlichkeit der Unschuld. Zu viel verlangt, zu viel verlangt.

Vielleicht finde ich einen Ausweg, aber es gibt nur Wege und keine Auswege. »Ja«, sagte das Mädchen, geheimnisvoll und wichtig, »Du mußt in die Stadt der grauen Menschen gehen –«

Sicher muß es auch andere Wege geben, aber ich bin dem Waldmädchen ausgeliefert, und sie kennt keine andere, und hat nie etwas von Topographie gehört (wüßte sie etwas davon, wäre es kein Waldmädchen).

Als das Waldmädchen ihn im grauen Anzug sah, war es ganz begeistert. »Aber jetzt gibst Du mir einen Kuß.« – »Das kann ich nicht«, sagte das Waldmädchen, »verstehst Du nicht, ich bin müde. Es hat sich hier im Walde ein Mann verlaufen, der ist viel grauer als Du, der ist sogar innen ganz grau. So etwas hast Du sicher noch nie gesehen!« rief sie in ehrlicher Begeisterung aus. Der Kapitän war enttäuscht.

»Ach«, sagte das Waldmädchen, »Deine Hosen sind sehr schön gebügelt. Der Einsiedler drüben hat mir einmal gesagt, Männer mit gebügelten Hosen bringen es weit.« »Ja«, sagte der Schiffskapitän, »hat denn der Einsiedler gebügelte Hosen?« »Nein«, sagte das Waldmädchen, »er hatte gerade am Tag vorher sein letztes Bügeleisen weggeworfen ... aber *ich* bügle, ich bügle, ich bügle ...«

»Der Einsiedler drüben hat mir gesagt, das richtige Geld wächst nur auf den Bäumen ...« »Warum geht er nicht hin?« fragte der Schiffskapitän. »Er hat's lange gesucht und nicht gefunden, und am Schluß ist er eben im Walde geblieben und ist ein Einsiedler geworden ...«

»Geld habe ich keines mehr, meine Uniform ist ganz zerfetzt und hat rote Flecken, aber Kleider gibt es nur in der Stadt, ich muß eine neue Uniform kaufen.«

Sie gibt ihm ein grünes Kleid. »So haben wir wenigstens eine gemeinsame Basis.«

»Du brauchst nur dem Kometen nachzuwandern. Es ist ein neuer Komet am Himmel erschienen. Es ist ein ganz sonderbarer Komet, und die Leute in der grauen Stadt sagen, er sei ein Vorzeichen, daß ihre Zeit kommen wird.« »Warum ist es ein sonderbarer Komet?« fragte er. »Er hat einen langen Schweif, und keinen Kopf. So etwas Schönes hast Du sicher noch nie gesehen.«

Der Kapitän war selig. Jetzt wußte er, was er sein ganzes Leben gesucht hatte, war das Waldmädchen.

Ein grauer Jüngling schwankte vorbei, in einer Hand hatte er eine furchtbare Maschine, in der anderen eine große leere Flasche. Das Mädchen fuhr zusammen.

»Er wollte mein Blut in Wasser verwandeln – er hat aber gestochen, und das hat sehr weh getan. Du hast mich gezwickt, und er hat mich gestochen. Ich will nie mehr in meinem Leben etwas mit einem Mann zu tun haben. Jetzt habe ich eine große Erfahrung. Aber ich habe furchtbare Schuldgefühle, denn lauwarmes Wasser, sagte er, sei noch edler als Blut.«

»Er färbt nun obendrein das Wasser mit Anilin,« sagte sie, »ist das nicht ein herrlicher Name? Und stell Dir vor, nachher darf ich es trinken.« (Es war immerhin ein Fortschritt.)

»Du verstehst, ich habe doch große Angst vor Leuten, die Wein in Wasser verwandeln – aber er hat mir versprochen, er färbt dann das Wasser mit Anilin, und jetzt bin ich beruhigt und liebe ihn.«

»Jetzt bin ich groß.«

Er kann keine Kniebeugen machen.

»Komm, ich will Dir zeigen, was ich alles habe.« Und geheimnisvoll führte sie ihn zu einem Felsen, hob einen Stein auf, und darunter, in einer Steinmulde versteckt, lagen Glasperlen, der Katalog eines Warenhauses, ein zerbrochener Kamm (»Siehst Du, ein paar Zähne haben gefehlt, da habe ich jeden zweiten Zahn herausgerissen, jetzt ist er doch wie neu?«), ein Kerzenstummel, bunte Stoffstückchen, ein Wurzelmännchen. »Ich schenke es Dir, die Leute sagen, es bringt Glück. Schau, wenn Du es so ansiehst, ist es ein Mann, und drehst Du es langsam um, ist es eine Frau. Und jetzt zeig ich Dir noch etwas« und sie wickelte ein kleines Stück blaues Glas behutsam aus einem Stoffstück. »Wenn Du hier durchschaust, ist die Welt ganz blau. Aber du mußt ein Auge zuhalten, denn es ist sehr klein.« Der Kapitän war sehr gerührt. Wenn er doch alles hier hätte, was er an Bord gesammelt hatte, oder wenn er Geld hätte, die schönsten Sachen würde er ihr kaufen, aber er besaß nicht die kleinste Münze mehr.

Eine Platte. »Selbstverständlich nicht eine ganze« sagte sie lächelnd, »aber wer weiß, vielleicht finde ich irgendwo eine ganze Platte.«

Die Schachtel mit den Muscheln. Sie verklebt sich die Hände. »Aber das darfst Du niemandem sagen. Das ist eine Idee von mir.«

»Ja, weißt Du, als einmal jemand so lieb war und mir etwas Wein zu trinken gegeben hat, da habe ich gelacht und gelacht und gelacht. Jetzt ist der Wein in Wasser verwandelt. Wasser schmeckt selbstverständlich auch sehr gut«, sagte sie eilig und fügte etwas ängstlich hinzu, »aber ich lache nicht mehr.« Sie hält ihm die Hand zum Kusse unter die Nase. »Vor zwei Jahren, als ich noch klein war ...«

Sie nimmt den grauen Jüngling in Schutz: »Weißt Du, was er gesagt hat: es ist sehr schwer, aber ich habe es mir immer wieder vorsagen lassen, bis ich es gelernt habe, er hat gesagt, es ist sublimierte Analerotik.«

»Weißt Du, er hat mir erklärt, daß er seinen unbewußten Teil auf mich projiziert hat – und Du verstehst, daß ich sehr stolz bin – aber jetzt muß ich sehr aufpassen und sehr brav sein, denn er hat gesagt, wenn ich nicht brav bin, dann zieht er die Projektion gleich wieder zurück.«

Der graue Jüngling geht mit der Gasmaske durch den Wald (Radio unter dem Arm). »Schließlich kann ich Dir doch alles erzählen – .... Du weißt, ich bin so rein ... weißt Du, wenn es nachts draußen ganz schwarz ist und er liegt neben mir und ist ganz grau, und die Gasmaske ist bei der Hand, und das Radio erzählt, daß im Westen nichts Neues ist, das ist schön, so etwas Schönes ist Dir noch nie geschehen ...«

Sie verteidigt den Ersten Grauen: »Er hat aber wirklich Wein in Wasser verwandelt.« (Sie wird ganz wütend.)

Der Zweite Graue: »Im Dienste der Idee.«

»Stell Dir vor, eine andere hat ihm nein gesagt, und da ist er gleich zu mir gelaufen, aber gleich, stell Dir das vor – ist das nicht schön? Und weißt Du, was er dann gemacht hat?« ... Sie schaute ihn strahlend an. – Der Kapitän wußte es nicht. Sie, immer strahlender: »Er hat mich verführt!« »Wie hat er das gemacht?« erkundigte sich der Kapitän ... »O, er hat mir gesagt, daß er mich schon ewig geliebt hat, stell Dir das vor! ... und dann hat er mir versprochen, wenn ich immer sehr brav sein werde, dann bekomme ich vielleicht einmal eine Uniform ...«

»Der Erste ist gleich zu einem anderen Waldmädchen gelaufen und hat ihr gesagt, daß er sie schon ewig liebt. Und so wurden wir alle vier so, so glücklich.«

(Grauer Jüngling: er läuft immer mit einem großen Bündel von Zeitungen und Zeitschriften im Walde herum.)

»Er liebt mich so sehr, denn ich erinnere ihn an seine Schwester, die er sehr gern hatte, sie ist an Krebs gestorben, stell Dir das vor …

Aber was wollen Sie, immer vom Heiraten geträumt und alles genau vor mir gesehen, aber immer nur ein ganz großes Fest mit Bräutigam im Frack und ich im weißen Hochzeitskleid mit einer langen Schleppe, aber der Traum hört immer dort auf, wie ich mit meinem Bräutigam ins Zimmer gehe, höchstens ein einziger Kuß, dann ist es aus.«

»Er hat es mir aufgeschrieben – nur lese ich noch sehr schlecht – hier ist der Zettel« – sie zog ein zerknittertes Stückchen Papier heraus und entzifferte mühsam: »Er ist ein Au-to-di-dakt. Ja,« sagte sie verträumt, »ein Autodidakt – darum liebe ich ihn so sehr … und ich, ich bin eine Analphabetin, das Wort habe ich gleich gelernt, aber er hat mir gesagt, er wird mich hochzüchten.«

»Er übt mit mir Geburtenregelung – Du kannst Dir nicht vorstellen, wie schön das ist …«

Der graue Jüngling: »Eigentlich müßte ich eine Bergmannstochter lieben, aber hier in der Nähe gibt es keine Bergwerke.«

Der graue Jüngling: langer Hals, gebückt

In der grauen Stadt wirft er sich auf die Erstbeste, die ihm über den Weg läuft – Dann ist er beleidigt, daß das Waldmädchen nicht einmal die paar Wochen auf ihn warten konnte – er hat es auch getan, aber er ist doch ein Mann, bei einem Mann ist das doch ganz anders. »Er muß mich unbedingt impfen« ... »Wogegen?« »Das ist doch gleich ... geimpft sein, das ist sehr schön – ich möchte so gerne geimpft sein ...«

Die Papierblumen in der Vase: »Im Wald hast Du doch richtige, lebendige Blumen« ... »Aber die sind doch aus Papier ...« erklärte das Waldmädchen mit einer entmutigenden Begeisterung ... Dann schaute sie ihn verständnislos an: Wie konnte er nicht verstehen, daß die hier aus Papier sind. (Ja, verstand er denn nicht – er war verständnislos und entmutigt ... alles ist ungemütlich: DIE IMITIERTE PALME)

Sie will ihm die Socken stopfen ...

(Analerotik): »Was der nicht alles weiß« – bewundernd und kopfschüttelnd – »wo hat er das alles gelernt?«

Was der nicht alles weiß:

in der Renaissance taucht nämlich ein neues Weltgefühl auf

Freuds ewiges Verdienst war es

Grauer Jüngling: nach Krach mit dem Waldmädchen: Haftpflaster hinten am Hals …

EINE KENTAURIN HEIRATEN

»Lächle nicht, sei natürlich« sagt der Photograph. »Du hast die Haare in Ordnung – das ist nicht natürlich«.

Zum Schluß steht sie zerrauft und mit einem vergrämten Gesicht da.

»Schade, daß man den Wald sieht, aber man kann ihn wegretouschieren …«

»Was hättest Du denn lieber gehabt?« – »Eine Kerkermauer«, sagte der Photograph. Sie strahlte. »Nicht strahlen, sei ganz natürlich« – »Das ist nicht natürlich, noch ernster« – Sie rauft sich die Haare.

»Schade, daß wir im Wald sind, am natürlichsten wäre eine Kerkermauer.« Sie war ganz verzweifelt – »Hier in der Nähe ist keine – ich weiß, wie furchtbar es ist, im Walde zu leben« sagte sie, *schuldbewußt.*

Zum Schluß weint sie …

»So, rühr' Dich nicht, so ist es richtig.«

Er sieht das Bild des Jungen …

»Etwas in meinem Leben ist geschehen … Du wirst es nie erfahren …« Sie wird bockig … »Das erzähl ich

Dir nicht ... (Später: Dir kann man schließlich alles erzählen) ... Ich habe ein Recht auf meine ... warte ... Inti- ... Intimität.«

Es beginnt in ihm zu wühlen ... Verlorenes Paradies ... Du hast nichts dreinzureden ... Sie ist halbnackt ... »Das regt Dicht hoffentlich nicht auf?« ...

»Weißt Du, was er ist ... homosexuell ... Ist das nicht schön?«

Er wühlt, will wissen, was sie mit ihm im Bett ... alles wird widerspruchsvoll ...

er findet sie mit roten Fingernägeln

»er sagt, es ist Minderwertigkeitsgefühl ...«

Der Psychiater rollte gefährlich mit den Augen ...

Schöne Briefe geschrieben, sie will ja Schriftstellerin werden ...

Er bleibt ohne Uhr ...

er versucht, beim Waldmädchen Ordnung zu machen ...

er distanziert sich – aber Schuldgefühl, dieses verkrampfte Leid nicht zu ent-wickeln

»Sonderbar – Du weißt doch, daß ich nie etwas verliere« –

Er schenkt ihr eine kleine Pfeife (und ein Monokel) Das ist der methodologische Unterschied … Er stand fröstelnd und nackt in einer einsamen, vereisten Welt – ja, seufzte er, me-tho-do-lo-gisch – …

POLIPHILE (er wird gewaschen) *WALD KLANG QUELLE WOLF SCHLAF**

»Mir tut der Wolf nichts an« (zum Schluß rennt sie davon)

»Das ist nämlich psychisch.«

* *Titel eines Buches, vgl. S. 180.*

GRAUE STADT

Die Einwohner

Die Bevölkerung war nicht lustig und einfach. Und die Fremden waren traurig und doppelt.

Es gab:

der Mann, der allein auf der Straße spricht

der Mann, der die Fenster schließt, bevor er seine Kinder prügelt

die schmächtige Frau, die die zwei Koffer zur Haltestelle schleppt ...

der Mann, der Angst vor Erkältungen hat

der Philosoph mit den Hämorrhoiden

der Großvater, der der Tochter seiner Nichte ein Rendezvous gibt

und einer lehnt im Fenster und schaut auf eine Straße, in der nie etwas geschieht (geschah) ...

die Frau, die in der Nachtapotheke ein Schlafmittel kauft

und am Sonntag gähnten sie

der dicke Mann opferte sich ununterbrochen –

Der Reeder – wie kommt man zu einem neuen Schiff?

Er bat, gleich weggehen zu dürfen, er mußte hinlaufen, um sich an ihrem Unglück zu weiden.

Das unmögliche Kind, das Zigaretten frißt –

In der Stadt der grauen Menschen war der Fortschritt unaufhaltsam im Gange: man hatte die Sklaven befreit, und die Sklaven waren endlich die Kellner geworden. Der Hauch der neuen Zeit lag schon in der Luft (es war eine Zeit der Hochblüte).

Die Stadt der grauen Menschen hatte Sitten und Gebräuche. Das allgemein Menschliche – die ewigen Werte – Ein Teil der Bevölkerung verbrachte seinen Tag vor, ein anderer Teil hinter einem Schalter.

Hie und da ließ sich einer kreuzigen, aus lauter Angst vor dem Heiland.

Er muß dieselbe Arbeit immer wieder machen –

»Aber ich habe schon gelernt«

»Hier hat man nicht zu lernen, man hat zu arbeiten – (desto besser, hier wird nur gelernt, um besser zu arbeiten).

»Aber ich bin doch ein Schiffskapitän ...«

»Nein, Du bist nur ein gestrandeter Schiffskapitän.«

Und so versucht er, ein grauer Mensch zu werden – er

entdeckt, daß ihn die mechanische Arbeit befriedigt, und mit dem verdienten Geld kauft er sich einen grauen Anzug und geht damit zum Waldmädchen –

Ich habe alles falsch gemacht, das ist das Leben der Erde

Vielleicht habe ich doch nicht alles falsch gemacht, es ist doch viel Falsches im Leben auf der Erde

Ich habe überhaupt nichts falsch gemacht, es ist alles falsch im Leben auf der Erde (Er sieht dreimal dasselbe Alltagsglück).

Jetzt kenne ich die Stadt der grauen Menschen, mit ihrer Wochenarbeit und ihren Sonntagsfreuden und ihren Geburtstagsfesten: da fallen sie sich um den Hals und wünschen sich unzählige ganz gleiche Arbeitswochen und Freudensonntage und unzählige Geburtstagsfeste, um sich um den Hals zu fallen und Arbeitswochen und ... – jetzt brauche ich kein schlechtes Gewissen mehr zu haben – ich habe ihr Leben gelebt, ich muß doch ein schlechtes Gewissen gehabt haben und habe ihr Leben gelebt, jetzt kann ich sie mit gutem Gewissen verachten.

Und aus Verzweiflung verbringt er alle Nächte in einer Spelunke. Und Kartenspielen hatte er nie gelernt, und er las auch keine Zeitung und brütete so vor sich hin. Im Rausch (Blut und Meer und Wein) Bilder der Sirenen – ich bin kein gestrandeter Schiffskapitän, ich bin ein Kapitän, der gestrandet ist, der Strand ist dazu da – und aus dem Walfischbauch bin ich herausgekrochen, und hier krieche ich auch heraus und mit dem grauen Anzug in eine helle Welt hinaus –

»Und was machst du?« – »Schuhe!«

»Und was hast Du gestern getan?« – »Schuhe!«

»Und was wirst Du morgen tun?« – »Schuhe!«

»Und Dein Leben ist nichts anderes als Schuhe machen?«

»Wenn ich keine Schuhe mehr machte, müßtest Du barfuß herumlaufen ...«

»Das würde mir noch fehlen, daß du mir keine Schuhe mehr machst!«

Der Kapitän war sehr enttäuscht: noch nie war ihm ein Verzicht so schwer gefallen – Eine Frau hatte er nicht mehr, das Meer war ihm versagt, er lebte in der grauen Stadt und sehnte sich nach dem Wald, im Wald hätte er eine neue Unschuld finden können, aber die Unschuld im Walde sehnte sich nach der grauen Stadt – Er haderte mit Gott und sprach vor sich hin ...

Die Frau des Bürgermeisters, die ohnehin nirgends hingeht. Einmal, da man ihr ein Billet schenkt

Er verdient mühsam etwas Geld, aber in der Stadt gab es keine Uniformen zu kaufen, nur graue Anzüge –

Er träumt von großen Geschäften, mit denen kauft er

sich ein neues großes Schiff, aber die Geschäfte zerrannen in seiner Hand. Bin ich einmal reich, so kaufe ich mir tausend neue Uniformen – aber das Geld reicht genau aus, um nur seine Schuhe zu besohlen.

Er versuchte, Geschäfte zu machen – und während er auf den Ausgang wartete, war er wie auf die Folter gespannt – es ging nicht darum, ob er es geschickt oder ungeschickt machte – aber das Geschäft funktionierte nach dem grauen Gesetz, und wie ehrlich er sich auch anstrengte, er konnte nicht nach dem grauen Gesetz Geld verdienen – er folgte seinem Gesetz, er hatte nichts mit dem grauen Gesetz zu tun, und es war ein Problem, man konnte fast sagen des Zufalls, ob einmal, in irgendeinem Punkte, das graue Gesetz mit seinem Gesetz zusammenfiel – es war richtig Roulette –, aber sein Gesetz fiel nicht mit dem grauen Gesetz zusammen, und es war seine Schuld, er hätte beide Gesetze kennen sollen, aber er kannte nicht einmal seines, und es war richtig, daß alles nicht klappte, er mußte es lernen, aber es war nicht leicht. Wo ist mein Fehler – dachte er – und das wenige Geld vertrank er.

Hier bist Du auf ewig verloren – Auf Wiedersehen in der nächsten Kultur.

Endlich kam einmal der herrliche Tag, an dem er keine einzige seiner Pflichten getan hatte: manchmal haben wir die Pflicht, unsere Pflicht zu tun, manchmal haben wir die Pflicht, unsere Pflicht nicht zu tun – es ist nicht leicht

Schwer, schwer, schwer ... ein Schlag nach dem anderen ... und sie haben keine äußere Logik, kaum eine innere, nur einen gemeinsamen Namen: Du sollst nicht aus der Patsche kommen – vielleicht bin ich verdammt – verdammt, mich zu retten – Einmal erschrak ich vielleicht über die Blasphemie dieser Worte – aber ich kann nicht mehr – und bis es ein Segen wird, ist es ein Fluch –

Einer läßt sich kreuzigen: ganz und gar nicht überzeugendes Gesicht: »Aber Christus hat sich doch kreuzigen lassen, nachdem er von seinem Vater verlassen wurde, und die lassen sich kreuzigen, nur um um Gotteswillen nicht von Papà Christus verlassen zu werden ...« »So genau nimmt man das nicht, das ist doch die reinste Haarspalterei – die Hauptsache ist, daß Blut vom Kreuze fließt ... wir wollen es doch in Wasser verwandeln ... »Christus und Pontius Pilatus – Hände und Füße ... wir aber duschen ...!«

Es geschah nie das Wunder, das ihn befreite, es geschahen ununterbrochen Wunder, daß er am Leben bleiben konnte

Er kommt mühsam heraus, über einen Weg, den er abgelehnt hatte

In Welten, die er längst schon abgelegt hatte

Der Kapitän dachte: »Schließlich bin ich noch immer lebendig, und schließlich sind die anderen noch immer tot.«

»Wenn ich nicht dieses Geschäft mache, mache ich nicht meine Pflicht. Das Geschäft kann nicht gelingen, denn es liegt nicht in meinem Wesen, Geschäfte zu machen. Die Leute glauben, es sei infernalisch eingerichtet und unlösbar. Das ist aber nicht so – dadurch, daß ich meine Pflicht tue, und dadurch, daß das Geschäft nicht gelingt, kommt mir die Lösung entgegen, die mir sonst nicht entgegengekommen wäre.«

»Wem gehört denn dieses goldene Popotscherl?«
»Wem gehört denn dieses goldene Schlüsselbein?«

Gestank Auto (zur Geschwindigkeit gehört eben der Gestank, und wenn wir schnell laufen, bleibt der Gestank zurück).

Sie liefen als halbe Liebespaare herum.

Sie wissen nicht, daß sie Angst haben

Schwarz waren die Schornsteinfeger, die Bestattungsangestellten, die Priester. Weiß die Krankenpflegerinnen, die Irrenpfleger, Zahnärzte und Konditoren.

Oft zündeten sie große Feuer an. Sonderbar, daß sie das Feuer so lieben, wo sie doch grau sind. Die lieben nicht das Feuer, aber es ist ein notwendiges Übel – sie lieben Asche, Asche, Mode, Literaten und Maler. (Die Künstler erkennt man nur am weichlichen Hintern.)

Einer hatte vom Vogel Phoenix gehört und war sehr ehrgeizig und wollte ein ganz großes Feuer anfachen, und so zündete er einen ganzen Nachtkasten an, und der erstand auch wieder aus der Asche und flog zum Himmel und wurde zum Gestirn des Nachtkastens. Der Dichter schrieb aber ein großes Werk, unter dem Zeichen des Nachtkastens und war glücklich.

Die Alten wurden sehr verehrt, denn sie bewahrten die Erinnerung an billigere Zeiten. – Die Operation: der Alte schüttelte den Kopf: »Zu meiner Zeit hätte man sich dafür mindestens zwölfmal den Bauch aufschneiden lassen können.«

Der Bürgermeister: ein Dicker mit dünnen Beinen.

Der Bürgermeister hatte eine Sonntagsneurose bis zur Zeit, da er den Eiffelturm zu bauen begann.

»Das Leben wird immer teurer. Ich werde immer dicker.«

Er bewundert die Starken. Als er ohne Argumente bleibt, wird er wild, und läßt den Starken hereinkommen

Schob die Hose hoch und kratzte seine Krampfadern.

»Ich spreche gerne mit Dir, denn Du bist ein uomo completo, hast eine conversazione brillante, hast Erfahrung und Intelligenz.«

Der graue Jüngling ist ambivalent:

»Liebes Mädchen, aber unordentlich. Ich habe ihr immer gesagt,
und wiederhole, sie will es nicht verstehen,
sie ist gedanklich nicht organisiert.«

Er zieht aus der Aktentasche alles mögliche heraus

Der Skandal, weil er mit der Tochter des Bürgermeisters spricht – Sie müssen sich heimlich treffen – es kommt trotzdem heraus – die Frau überfällt ihn, der Vater ist feige und überspringt das Thema

Die Frau hat nur das Dienstbotenproblem

Das Verhältnis mit der Morphiumsüchtigen. Sie hatte sich einen alten Betschemmel gekauft, löste die Haare und sagte, es sei Renaissance. (Sie ist die Zigeunerin.)

Zu Hause öffnen sie die Briefe: »Wieso? Eine Tochter kann doch keine Geheimnisse vor ihren Eltern haben!« – Als sie sich heimlich treffen, sieht sie die Waschfrau, die Waschfrau erzählt es der zweiten angeheirateten Cousine der Frau des Bürgermeisters.

Szene: »Er geht mit mir nicht ins Bett ... er geht mit dem Dienstmädchen ins Bett – und ich darf kein Wort sagen, wenn sie mir weggeht, ist es schwer, andere Dienstmädchen zu finden. Stellen Sie sich vor, zu einer Freundin von mir hat eine gesagt, sie will zweimal in der Woche freien Ausgang haben.«

Der Kapitän soll seine Hände vom Mädchen lassen, denn die Tochter will den Lehrling heiraten, er ist gebildet, und wenn man einmal gesehen hat, wie er einen halben Kilo Zucker wiegt (es genügt, einmal gesehen zu haben, wie), dann weiß man, daß er verläßlich ist –

Die Flagellanten: »Wir hatten es verboten, aber plötzlich vermehrten sich die Verbrecher so sehr, daß wir es wieder gestatten mußten« (aus Angst vor dem Krebs).

Die Reinigung: das öffentliche Klistier

Waldmädchen

Das Waldmädchen erzählt ihm bewundernd, was für eine herrliche Sache der graue Jüngling gesagt hat. (Es ist etwas, das der Kapitän seinerzeit dem grauen Jüngling gesagt hatte, der es ganz dumm aufgefaßt hat) – «Ja, weißt Du, warum ich ihn so liebe: er hat mir gesagt ... so gut hat mich wirklich noch niemand verstanden« ... »Nein, so gut hat Dich wirklich niemand verstanden«, sagte der Schiffskapitän – er war wütend.

Baum: »Er hat mir gesagt, es ist ein männliches und weibliches Symbol, aber es ist ganz und gar nicht unanständig, denn es ist natürlich.«

Die Wissenschaftler: Die Begeisterung, daß mit Hormon ♀ die Ratte dreimal so dick wird. Die Ratten vermehren sich mit unheimlicher Frequenz. Sie brechen aus – und die Seuche

Die einen produzieren, die anderen konsumieren

Um zu konsumieren, müssen sie produzieren, und die Produzenten A konsumieren die Produkte der Konsumenten A.

»Wie Sie sehen, ist der Kreis geschlossen ...«

»Da könnte man alles gleich wegmachen.«

»Da würde aber das Leben aufhören.«

»Hat es nicht mit dem geschlossenen Kreis aufgehört?«

Der Bürgermeister war entsetzt und versank schleunigst in das Klo hinunter.

Der Sonntagsspaziergang mit den geregelten Geldverhältnissen und den geregelten Hormonen – plötzlich wird er verrückt: es ist das Ende des Lebens. »Herr, gib uns nicht immer unser täglich Brot.«

Er hat ein Verhältnis mit der Frau von nebenan. »Hast Du mich lieb?« er springt zurück – sie erinnert ihn an die blonde Dicke im Bordell.

Hydra: es wachsen immer mehr Köpfe nach!

Die Kälte: Schluß des Jahres: der 21. Dezember

Weihnachten: Kompromiß mit der Gemütlichkeit des Weihnachtsfestes beim Bürgermeister. »Er bettelt um Wärme.«

am 21. März geht es schon überragend positiv, »die Tage sind länger als die Nächte«

Er versucht, einsam zu sein: nichts bindet mich an sie – eroberte Phänomene – Schachzug – Aufgabe – aber er schafft es nicht, biedert sich an, Parasit – (alles wird Diplomatie)

Bis er das Schiff haben wollte, ging es nicht – das Schiff ist immer ein Geschenk – Problem sind Brot, Wasser und ein Bett, und ein Mantel – alles andere ist Geschenk

Er ist ein Erbe, er kann nur Schiffe erben

Die große Angst vor dem Krebs.

Alle haben Angst vor dem Krebs.

Alle betasten sich, hier tut es weh, hier muß der Krebs sitzen.

Weltuntergangsphantasien (einer behauptete, die Welt sei schon untergegangen, und alle seien nur Reflexe, Schemen, wie das Licht weiter leuchtet, nachdem der Stern verschwunden ist).

Der Bürgermeister: Er protegiert
Pißduell
Magengeschwür
»Sie ist hartnäckig – sie ist doch
kein Kind mehr ...«

Die Frau des Bürgermeisters: sucht lange den schmutzigsten Winkel aus, dort setzt sie sich auf den Boden und weint

Tochter des Bürgermeisters: Nausikaa mit dem Tennisball ...

Der Kapitän war mit der Tochter des Bürgermeisters lieblos gewesen (Liebe ist ein böses Wort, sagen wir, er war verantwortungslos), ein Dilettant, er mußte sie retten, er konnte sie nicht auf dem Gewissen haben, ich bin ihre letzte und endgültige Enttäuschung, er mußte sie retten, die vier im Wirtshaus werden boxen, warum hat er es nicht schon mit seiner Frau getan?

aber den darf man nicht stören ... Ja, sagte er, die tagen Tag und Nacht und arbeiten ununterbrochen ... »Was tun sie denn?« fragte der Schiffskapitän ... »Die retten den Humanismus«, sagte der andere ... »Da darf man sie bestimmt nicht stören«, sagte der Schiffskapitän ...

Die Verstummten. – Die Gelähmten …

Der Bürgermeister: »Du bist also der neue Fremde. Deine Ankunft ist mir schon von der Polizei gemeldet worden. Aber Leute, die von der Gralsburg zurückkehren, haben gute Aussichten. Es gibt ja nur zwei Alternativen: Gralsburg oder hier … modern. »Ewig gibt es auch«, dachte der Schiffskapitän.

Die Schicksalsverfolgung

Irgendein Weltkrieg brach aus

Müdigkeit, Apathie, Resignation. Zahnweh.

Und das Gespenst der großen Hetze (das innerliche Gesprengtwerden), als die Befreiung beginnt.

Ausgehungert, ißt er viel und wird schläfrig, während das Glück vorübergeht – verhext

(prostituiert sich und erzählt Geschichten, um zu essen?)

Er geht unrhythmisch umher, er stolpert, das Überqueren der Straßen ist ein gefährliches Abenteuer, nachts an den Kreuzungen plötzlich die großen Lichter, man konnte die Entfernung nicht berechnen, die Entfernung der Schiffe, die vorüberfahren, kennt er genau, er stand mitten auf der Straße, Lärm und Gestank, die Nervenanstrengung war zu stark, er hatte Angst.

Der Wurm auf dem Tisch (Ur-Kultur).

Anonymer Brief

Steuern

Das immer besetzte Telephon (er hetzt sich in Verfolgungswahnsinn hinein und glaubt, man habe es abgehängt).

Klatsch – er raucht zuviel

Er glaubt, Ruhe zu haben, aber ein grauer Jüngling erzählt ihm, daß das Waldmädchen und er sich lieben, und das wühlt ihn auf. Er ist der Kolonialwarenhändler, der so gut Zucker mißt (sie ist erstaunt und begeistert, und dann liebt sie ihn).

Er wartet auf die Post: es kommen unerwünschte Briefe an, ein Katalog mit Büchern, die er nicht kaufen kann, eine Karte mit Grüßen mit unleserlicher Unterschrift (WER DENKT AN MICH?)

Hier ist der Kapitän fast dabei zu scheitern – denn der richtige Schiffbruch ist der, wenn alles sich zu Wasser auflöst, keine Erde ist fein genug, sich darin zu verankern – aber eine Ankerstelle muß da sein –

Wo war der Fehler? Er mußte Matrose werden, aber das war die Absicht, um wieder Kapitän zu werden – und das war plötzlich Magie, und folglich schwarze, denn er hatte eine Absicht ...

Er weiß, er müßte das Waldmädchen lieben – aber es kommen immer wieder die Sirenen dazwischen ...

und zum Schluß hört er wieder nur auf den Gesang der Sirenen – und fällt wieder ins Wasser – *dasselbe* muß sich immer in den verschiedensten Schichten *wiederholen*, ehe es überwunden ist (aber sind die Schichten eine endliche Zahl?)

Während sich die Verfolgung auflöst, kommen nach und nach wieder die Farben hervor – als er hinausfährt, schillert alles

das einsame Weihnachtsfest

Hamlet hatte schöne Beine, und er zeigte sie, oh, er zeigte sie ... und dann: bei Gott, das Kino liefert seine Ausdrucksmöglichkeiten, zum Beispiel die Monologe ... er hielt den Mund geschlossen, und man hörte ihn doch reden, es war nämlich das, was er dachte ... es war fast so schön wie ein Bauchredner.

dann ruft irgendein Vaterland auf gegen irgendein anderes Vaterland, die Tempel sind zerstört, die Dörfer brennen ... irgendwo auf einem Feld ein einziges

Schlüsselbein ... »Wem gehört dieses goldige Schlüsselbeinchen? ...«

der Spaziergang mit den zerrissenen Socken. Sie schauten immer wieder aus den Schuhen heraus. Er drückte die Hände am Rand der Hosentaschen hinunter ... so reichten die Hosenbeine tiefer und verdeckten die Fersen ... Aber auch die Hosenränder waren leicht zerfranst, und bei den Schuhen war der Absatz verdächtig ... ja, so war es ... (die Achillesferse) ...

Zu teuer: daß man kein Geld haben kann, um etwas zu kaufen, das *fast* Lebenswichtigste, das lernte der Kapitän bald und schmerzlos. Aber daß etwas zu teuer sein soll (die Gehässigkeit des zu Teuren), das ging über seine Kräfte ... er platzte ...

Die Straßenbahnen transportierten überflüssiges Fleisch ...

Die alten dicken Frauen in der Straßenbahn wackelten und lachten dabei.

Gewöhnlich lächelte er freundlich und mitwissend, manchmal aber war er unerbittlich und schaute auf das Prinzip des Wackelns.

Schuhe putzen: er müßte auf die einfache Freude kommen, das Schicksal lehrt ihn die Demut ... aber das einzige Resultat ist, daß er endlich weiß, warum er sich nie die Schuhe putzen wollte ...

Die Geldkomplikation: Leih' es mir bis übermorgen – es wird doch nicht später als übermorgen ankommen ... »aber übermorgen bestimmt zurück, sonst verhungere ich«

Das Geld geht herum ... Zum Schluß bekommt die Blonde den Käse der anderen Blonden, er hat es ihr geliehen, aber wenn sie es erst morgen zurückgibt, kann ich es Dir morgen geben, aber er muß vorher anläuten ...

In einer Zeitschrift das Bild der Filmschauspielerin ... es geht wieder los ... das Bild der Filmschauspielerin in der Bibel.

Tags darauf hatte er schon ein Verhältnis mit der Schneiderin nebenan. Die näht ihm Hosen ...

Er ist euphorisch – der Hausmeister brüllt ihn an, weil er die Tür zuschlägt –, der Kapitän zuckt nicht zusammen, immerhin, eine vage Erinnerung an das Kainszeichen.

Problem der Uhr ... (als alles in Ordnung ist, repariert)

als er zurückkommt, ist das Geschäft »per grave lutto di famiglia« (wegen tiefer Trauer der Familie) geschlossen

Bürgermeister: Bitte, betasten Sie den Magen, geschwollen, es muß ein Geschwür sein – er geht in die Apotheke und zeigt mit dem Regenschirm auf eine Vase –

Das Bild des modernen Malers: Seated woman without a cat

BÜRGERMEISTER: die gefaltene Zeitung im Gebetbuch

Die beiden erhellten Gebäude. Die einen tagten ununterbrochen und bekämpften den Krebs, die anderen tagten ununterbrochen und retteten den Humanismus. Den Krebs wollten sie nicht, und den Humanismus wollten sie schon – zu viel verlangt, zu viel verlangt.

Abbéhaftigkeit des Schiffskapitäns

Später: Krise des Schiffskapitäns wegen seines Dilettantismus.

Auch in der grauen Stadt Probleme mit der Ordnung: Obacht, daß sich keine Unordnung einschleicht ... Einkäufe, als er etwas Geld hat, ist alles neu, beginnt das neue Leben ... aber er sitzt stundenlang mit dem Schuh in der Hand und sinnt. (Als die Ordnung wirklich gemacht ist, steht er da und ist leer und weiß nicht, was er tun soll).

Einkauf in der Kolonialwarenhandlung: Halbes Kilo Zucker ... er steht vor dem Verkaufstisch, alte Weiber drängen ihn weg und werden vor ihm bedient ... als er endlich drankommen sollte, tritt eine energische Frau ein und brüllt schon an der Tür: zwei Kilo Zucker. Er möchte davonlaufen ... als er sieht, wie das halbe Kilo Zucker gewogen wird, beschließt er, auszuwandern.

Das Grabmal des unbekannten Angestellten.

Pflichttreue, darauf beruht die Existenz der Stadt. Der verborgene Heroismus: trotz Regenwetter pünktlich an der Arbeit – und sogar, wenn die Mutter stirbt, am Tage nach dem Begräbnis mit verweinten Augen pünktlich im Büro.

Der Schlamm, der sich von allen Seiten nähert.

(Unterwelt, Charon – der Obolus)

Die Tochter des Bürgermeisters – Proserpina – Euridike –

Sie geht weg, ohne sich umzuwenden

(Welches Karma muß der Kapitän in der grauen Stadt überwinden?)

Irgendeine Anziehung scheint der Kapitän doch auf den Bürgermeister auszuüben – der streicht immer um ihn herum, bis er ihn nicht bekehrt hat, hat er keine Ruhe –

Auflösung der Schicksalsverfolgung

Er trifft den orientalischen Kapitän: »Schade, daß Du damals nicht auf mich gewartet hast – Ich wußte, Du warst mit Deinem Steuermann unzufrieden, und nun gab es den Bruder meines Steuermanns, der war arbeitslos, und den hätte ich Dir gern empfohlen ... es sind herrliche Steuermänner ... Ich habe Dich lange gesucht, dann erfuhr ich, Du seist schon am nächsten Tage weggefahren ...«

(Orientalischer Steuermann auf dem neuen Schiff?)

»Ich habe Dir einen Teppich gebracht, erfahren, daß Du tot bist, und habe ihn Deiner Frau gelassen.«

er mußte eine Arbeit machen, hat sie verschlammt, hat ein böses Gewissen. – Der Arbeitgeber läutet mit bösem Gewissen an, er möchte zahlen, denn die Arbeit ist nicht mehr nötig – er hat das Manuskript nicht weggeworfen – das böse Gewissen zwischen Anruf und Mitteilung –

(Herkules): er läßt sich vom Skorpion beißen

der mürrische alte Kapitän ...

er ist an allen Sirenen vorbeigefahren, aber es waren nur Halluzinationen, optische Täuschungen ... seitdem ist er mürrisch, sein Schiff liegt in einem fernen Hafen, abgetakelt ...

Als er stirbt, läßt er das Schiff dem Kapitän ...

Er schenkt vor seiner Abfahrt dem Waldmädchen ein Grammophon (?), ein Paar goldene Schuhe ...

Im selben Augenblick, da er versteht, löst sich die Bindung zwischen Waldmädchen und dem Ersten Grauen auf. Er aber zieht sich zurück, der Kapitän kann sich *nicht nur* mit dem Waldmädchen erfüllen – er ist leicht piquiert. Er schenkt die goldenen Schuhe und fährt weg. – Die Tochter des Bürgermeisters wird in ihm rege. Er beschließt, in den Heimathafen zu fahren, um sie zu finden (er erfährt es durch das Schiff, mit dem sie wegfährt), und sie gibt ihm den Mut, sich seiner Frau und den Witwen zu stellen.

Schlechtes Gewissen, daß er sie in die Spelunke hineingehetzt hat – seine Feigheit (verdeckt als Höflichkeit), den dreien nicht entgegenzutreten: er besiegt sie innerlich, visionär

Sein Kopf ist hell, der Nebel löst sich auf, keine graue Stadt ist mehr da.

DIE TOCHTER DES BÜRGERMEISTERS

Die grauen Menschen flüsterten, sie sei hysterisch. Sie war sehr verwirrt. Manchmal ist meine Verachtung größer als meine Angst, manchmal ist meine Angst größer als meine Verachtung

Er erzählt von Hafen und Spelunke. »Ich kann nicht mehr gerettet werden«, sagte sie düster, »wer in der grauen Stadt geboren ist, der kann ewig nichts Gutes tun – aber da ich das Gute nicht tun kann, so will ich eben das Böse tun – es geschieht ihnen recht.«

am nächsten Tag war das Mädchen verschwunden

und es war die Tochter des Bürgermeisters: »Wie hell die Stimmen singen!« Sie sagte: »Und vielleicht, vielleicht bleiben diese Stimmen ewig hell und haben es nicht nötig, heiser zu werden.«

»Das glaube ich nicht«, sagte der Schiffskapitän, »sie haben noch das ganze Leben vor sich, mit Himmeln und Höllen und Fegefeuern. Da werden auch die Stimmen heiser werden und wieder hell, das Leben bleibt doch nicht still, sie werden doch auch glücklich und unglücklich sein!«

»Glücklich und unglücklich ja, aber glücklich vom großen Glück, unglücklich vom großen Unglück. Sie spielen zusammen im Garten, und die dumpfe Stube der Eltern ist ihnen erspart worden, mit der lastenden Sorge und der blutarmen Freude. Der Vater hätte nie geprügelt, die Mutter hätte sich das Brot vom Munde für sie abgespart. Und die Prügel hätten ihr Leben verlogen gekrümmt, das Brot ihr Leben vergiftet. Es ist ein Glück, daß die Väter ums Leben gekommen sind, ein Glück für sie, daß Du die Sirene heiraten wolltest« (und sie hätten ihre Kinder prügeln müssen). »Ja«, sagte der Kapitän, »und verstehst Du, ich weiß, ein freies Kind ist mehr wert als ein lebendiger Vater. Und ich bin irgendwie mit schlechtem Gewissen herumgelaufen, das kommt von den Geranientöpfen und dem Kanarienvogel in seinem Käfig. Beim Wein züchtete ich Rosen und ging mit meinem Falken auf die Jagd, aber in meinem Hause stehen noch immer die Geranien in ihren Töpfen, und der Kanarienvogel hüpft noch immer in seinem Käfig herum. Ich glaube, Geranien und Kanarienvogel gehören in die Spelunke ...« »Ich war auf dem Weg in die Spelunke«, sagte das Mädchen und fing zu lachen an.

Der Kapitän sagte zu seiner Frau: »Den Käfig und die Töpfe bringen wir in die Spelunke. Wir aber wollen Rosen züchten und uns einen Falken halten.«

Die Frau war zuerst sehr verdutzt, aber nach und nach ging ihr ein Licht auf, und schließlich war sie begeistert: »Findest Du nicht, daß auch der Hund mit seinem elenden Knochen eigentlich vor die Tür der Spelunke gehört? Und wir halten uns eine Katze.« – »Du hast ganz recht, aber seit er damals gehungert hat, wird der Hund von Tag zu Tag zahmer und zahmer, so zahm, daß er sicher bald sterben wird. Ich glaube, wir lassen ihn ganz ruhig sterben. Dann nehmen wir die Katze. Richtiger wäre es eigentlich, einen Löwen zu halten ...« »Das wäre großartig«, sagte die Frau, immer begeisterter, »aber alles hat seine Grenzen, vielleicht müssen wir uns mit Deiner Katze begnügen.«

Die grauen Männer hatten sogar einen Namen für ihr Gebaren gefunden: sie sagten, sie sei »hysterisch« – und damit war für die grauen Männer das Problem gelöst (flüsterte er verächtlich)

»Ich könnte Dir sagen, Du bist noch sehr jung, und das große Unglück ist das kleine Unglück, und das große Glück ist das kleine Glück. Aber vielleicht bin ich so jung wie Du, aber ich glaube an eine Zeit, in der im Glück und Unglück die Stimmen gleich hell bleiben.«

mit seinen Höllenfahrten und Himmelfahrten, ja, aber ohne das ewige Fegefeuer der Eltern

»Ja, sie gehören in die Spelunke, und ich will es tun. Aber leicht fällt es mir nicht. Als ich damals zurückkam, sah ich die bunten Töpfe, und ihr Duft strömte mir entgegen.« »Hortensien duften nicht«, bemerkte sachlich die Tochter des Bürgermeisters.

Er kam mit der Nachricht zu seiner Frau: »Du, Hortensien duften nicht, wer hat mir vorgemacht, daß

Hortensien duften und daher das Symbol der ewigen Liebe sind? Die ewige Liebe duftet nicht: die ewige Liebe gehört in die Spelunke. Vielleicht haben sie einmal geduftet, irgendeinmal, vielleicht sogar zur Zeit, als mein Großvater vom Walfisch verschlungen wurde – vielleicht mußte er sogar verschlungen werden, weil er den Duft der Hortensien kannte –, mich aber hat es heimgezogen, um zu erfahren, Hortensien duften nicht mehr – dann gehören sie in die Spelunke. Die Rosen haben noch einen Duft – ich glaube, solange ihr Duft dauert, wollen wir Rosen züchten –«

»Zur Zeit des Großvaters gehörten die Hortensien ins Fenster – aber der Großvater ist vom Walfisch verschlungen worden, und als er herauskam, war die Zeit vorüber, und ich kam auf die Welt, um Hortensien in der Spelunke zu sehen.«

»Hast Du Nachrichten aus Deiner Heimat?« (Das Leben wird immer teurer.) »Viele, aber was auch geschieht, es ist immer und ewig dasselbe. Einmal bekam ich einen unaufgeforderten Verzeihungsbrief von meinem Vater: er ist so grau, daß er sogar verzeiht – aber was soll schon dort geschehen? Der graue Fortschritt geht weiter« – SCHLUSS

»Ich habe Dir von der weiten Welt erzählt, Du hast mir den Mut gegeben, aus der weiten Welt zurückzukehren.«

»Glaubst Du nicht, daß auch ich eine Sirene bin?« »Wahrscheinlich, aber Du hast auch diesen Zweifel, folglich bist Du ungefährlich und auf dem Weg der Besserung.« »Ja, aber immerhin ...«

DER SCHIFFSJUNGE

Der Bootsjunge kommt mit einem Auto angefahren und heiratet die Tochter des Bürgermeisters (die Frau ist leicht nervös: sie erkundigt sich nach dem Bootsjungen, der hat ihr gefallen, beichtet sie).

»Nein, ich bin herumgeschwommen und habe mich versichert, daß alle ertrunken sind« – dem Steuermann hat er den Kopf unter Wasser gehalten (der wäre sentimental geworden und hätte geprotzt, wie schwer es war) – »Dich habe ich laufen lassen, Du hast es ohnehin schwer genug gehabt.«

»Ich will mein möglichstes tun, Dich zu vergessen (unnötige Schwere). Auseinandersetzung mit dem Kapitän: es wäre unfair, nicht genug Kenntnis von Dir genommen zu haben – außerdem bin ich Dir noch ein paar Pesos schuldig (und eine Flasche Wein).«

»Hab keine Angst. Alle anderen sind ertrunken. Bei den Matrosen hat das keine Bedeutung … aber der Steuermann … Matrosen lebendig und tot – alles einerlei …«

(Die Kinder beißen die Lippen zusammen, sie haben verstanden! Seht ihr, vor 50 Jahren hätten alle geweint, und ihr Leben hätte damit aufgehört.)

(Nehmen wir sie doch mit)

An diesem Tag ging die Frau des Wirtes in ein Kloster, dort ist sie verschimmelt und später zum Himmel gefahren

Der Schiffsjunge wird Detektiv, Indianer und Preisboxer. »Du hast nur Deinen Kampf mit uns zweien gesehen, und nicht meinen Kampf mit dem Steuermann – aber einer von uns beiden war überflüssig – und ich habe ihn unter Wasser gehalten, bis ich sicher war, daß er keine Auferstehung mehr feiert …«

DIE FRAU DES STEUERMANNS

Die Seuche hat viele Witwen dahingerafft, Rattenseuchen sind dazu da, um Witwen wegzuraffen. Die anderen haben dann wieder geheiratet oder sich sonst irgendwie wieder ins Leben hineingefunden, das Leben geht weiter, alle haben ihre Männer vergessen. – Es bleibt nur die Frau des Steuermanns, die hat keinen Mann, die hat keine Kinder, blaß und ausgehungert geht sie herum, mit verbissenen Lippen, und schaut blicklos in die Ferne, das Gesicht voller Pickel. – Für die Waisenkinder aber hat man gleich gesorgt und hat ein Kinderheim errichtet. Nur war am Anfang die Wahl der Vorsteherin nicht sehr glücklich, man wollte sogar der Witwe des Steuermanns die Stelle geben.

»Du hast von der Frau des Steuermanns gesprochen. Du willst nicht nähen, und das sollst Du auch nicht, aber ich brauche neue Uniformen – gib ihr doch Arbeit, zuerst wenig, vielleicht bringen wir sie wirklich dazu, regelmäßig zu arbeiten, und sie überwindet ihre Starrheit. Es ist mir nicht ganz gemütlich bei ihr, und ich hätte gerne eine andere Schneiderin gehabt, aber die Uniformen des Steuermanns waren sehr schön genäht, und schließlich, er ist durch meine Schuld umgekommen, ich will versuchen, daß nicht auch sie durch mich umkommt – ich trage die Verantwortung – Schuld ist zu viel gesagt, und ich weiß, was ich erlebt habe und was ich mir dabei gedacht habe, ist tausendfach ihr Leben wert, und das des Steuermanns, und sämtlicher Matrosen – aber irgendwie ist mein Gewissen nicht ganz rein, ich will gutmachen, was sich gutmachen läßt. Sehr gemütlich ist's mir nicht, am besten, wir stellen ihr die Maschine in der Dachstube auf. (So kann sie sich auch ihr Leben verdienen.) Die Frau sagte es der Witwe und dachte, diese werde ihr obszön antworten. Sie sagte aber nur mit trostloser Stimme: »Es ist gut« und kam am anderen Tag für eine Stunde herüber, dann zwei, und schließlich saß sie den ganzen Tag in der Dachstube vor ihrer Nähmaschine, wie Stein – schwarz, schweigsam, verbissen und nähte gehässig, eingeschüchtert.

Eines Tages sagte die Frau: »Ich glaube, statt an Deinen Uniformen zu arbeiten, arbeitet sie für sich. Als ich vorher die Tür zur Dachkammer öffnete, hat sie hastig etwas versteckt. Ich habe gesehen, daß es ein bunter, geblumter Stoff war; und als sie sich zu mir wandte, starrte der Blick ganz und gar nicht mehr steinern in die Leere, sondern sie schaute mich, man würde fast sagen, frech an.« »Siehst Du«, sagte der Kapitän, »es war doch gut, daß wir ihr Arbeit gegeben haben, jetzt erwacht sie langsam zu einem neuen Leben.«

Einmal war plötzlich die Schneiderin ganz verwandelt: sie trug noch immer ihr schwarzes Kleid, aber die Stimme hatte einen volleren Ton, ihr Leib war ganz locker, und über Nacht waren die Pickel im Gesicht verschwunden.

»Sie blüht richtig auf«, sagte der Kapitän, »ich habe es doch wieder gutgemacht, sie hat wieder einen Lebenszweck, bei uns fühlt sie sich geborgen, die Arbeit hat ihr wohl getan, ich brauche sie nicht mehr auf dem Gewissen haben. Der Steuermann hat mir immer erzählt, was für eine tüchtige Frau sie sei.«

Sie denkt, ob die letzten Gedanken des Steuermanns für sie waren. Gesund, immer, und trotz des Bordschrittes immer einen elastischen Gang – unsere glücklichen Liebesnächte, ihm immer treu gewesen –

Der Hund beginnt, neben der Nähmaschine zu sitzen.

SPELUNKE

Der Wirt wird alt und immer geschwätziger

Haben die Strümpfe als untertänige Erinnerung aufbewahrt

Plakate von Coca Cola (als Ersatz für pornographische Bilder)

(der Einbeinige zieht nicht mehr die Photographien heraus, sondern starrt auf die Damen im Badeanzug) (die Dekadenz der Sirenen)

»Haha, ich irrte steuerlos umher, ich war die Witwe des Steuermanns – jetzt habe ich einen neuen Steuermann ...«

Als der Schiffskapitän die Plakate sieht, erkennt er heruntergekommene und banalisierte Sirenen

Radio – Television (sitzen still und brav vor den Bildern)

Das Dogma der unbefleckten Abtreibung Mariä

Voller Broschüren

Der Kapitän trinkt Bruderschaft mit den dreien.

1. Er zwickt Männer
2. Dank für Hortensien
3. Findet die Frau des Steuermanns
4. Verlobung
5. Vision des neuen Menschen
6. Der Geringelte (Tod des Wirtes)

1. Aber sogar die vier in der Spelunke waren von der Seuche verschont geblieben. Die Petroleumlampe qualmte, der Einbeinige hatte dem Blatternarbigen das Kartenspielen beigebracht, der Blatternarbige dem Einbeinigen das Saufen. Hie und da stritten sie sich und warfen sich wüste Worte zu. Der Einbeinige saß still dabei, er spielte nicht, er rauchte nicht, er zwickte die beiden in die Schenkel. Zuerst hatte er es mangels an Frauen gemacht, schließlich hatte er aber eingestehen müssen, mit Männern sei es ebenso schön.

2. Die vier konnten sich lange nicht erklären, warum man ihnen die Hortensientöpfe und den Kanarienvogel geschenkt hatte. Sie saßen nächtelang da und zerbrachen sich den Kopf. Schließlich hatten sie es heraus, andere Möglichkeiten gab es nicht: die Frau sehnte sich nach den schönen Stunden, die sie gemeinsam in der Spelunke verbracht hatten, und sandte ihnen ein Zeichen ihrer Treue. Sie wußten, was sich gehört, und beschlossen, sich zu revanchieren. Und so bekam die Frau eine Schachtel ins Haus, eingewickelt in hellblaues Seidenpapier. Und dazu einen rosa Brief. Im Brief stand: Als unvergeßliches Gegengeschenk

von jenen, die eine Erinnerung an ewige Freundschaft, an unvergängliche Treue und ewig herzliches Angedenken bewahren. Es folgten die Unterschriften ... Auch wenn Du uns vergessen solltest, wir werden nicht vergessen ... Sie wickelte das Papier auf und öffnete die Schachtel: darin lag, alles in Seidenpapier zwischen Hobelspänen, eine Schiefertafel mit dazugehöriger Kreide, ein Korkenzieher und eine Zuckerzange (was tut man damit: in die schwarze Truhe!)

(In der Blumensprache bedeuten Hortensien: ich möchte gern. In der Treuesprache bedeutet Kanarienvogel: möglichst beieinanderbleiben.)

Sie haben die Strümpfe aufbewahrt – nur Löcher an der Ferse ...

3. Er wäre gerne öfters in die Spelunke hinuntergestiegen, nur war der Qualm ganz unerträglich, und so brachte er ihnen einmal eine Öllampe mit, die er auf einer seiner Reisen gekauft hatte. Es war abend, und zu seinem Entsetzen saß die Witwe des Steuermanns da, ihr geblümtes Kleid war offen. »Jetzt ist endlich alles wieder beim alten!« brüllte ihm der Einbeinige begeistert entgegen. »Alle Weiber sind gleich – und ins Bett geht er auch mit ihr, seit Mariä Himmelfahrt!«

»Was der nicht alles austratscht!« flötete die Witwe des Steuermanns, und sie puderte verschämt ihre Brüste. »Und wenn auch die sich veredeln sollte, hi hi!« kicherte der Blatternarbige – »jetzt haben wir

Erfahrung … Ohne Weiber lebt man ebensogut!«
»Bei dir ist keine Gefahr!« sagte der Einbeinige. »Das kann man leider nie sagen!« bemerkte der Wirt. Seine Augen rollten ganz langsam. Er dachte an seine Frau, die war ihm mit einem Matrosen davongegangen, der spielte die Ziehharmonika.

Die Lampe wurde sehr bewundert, und gleich auf den Schanktisch unter eine Glasglocke gestellt.

(»Gott, ist der indiskret …« und schminkte verschämt ihre Brustwarzen, und ihre Brüste wackelten wie Gelatine.)

Am nächsten Morgen saß die Witwe des Steuermanns wieder pünktlich vor der Nähmaschine.

4. Der Einbeinige heiratet: »Sogar ich werde einmal alt und schwach werden und werde sterben. Mein Geschlecht soll aber nicht aussterben, es ist ein wichtiges Geschlecht. Ich bin eine der Grundlagen der menschlichen Gesellschaft. Aber ich muß bald heiraten, denn wenn ich zu alt bin, soll mein Sohn schon herangewachsen sein, und meine Tätigkeit übernehmen. Nicht nur soll mein Geschlecht nicht aussterben, es soll auch nie untätig sein. Was ich ererbt von meinen Vätern habe, soll er weitervererben. Erwerben, um es zu besitzen, wird er ohnehin. Ich hinterlasse ihm eine lange Tradition. Ich werde meine Frau ewig lieben« – und er zwickte sie als Besiegelung (und sogar diese Ehe hatte der Kapitän gestiftet). Der Kapitän sah: der

Einbeinige saß mit einem gänzlich verschmierten Gesicht da, der Blatternarbige hielt verkrampft die Augen zu, der Einbeinige hüpfte auf einem Bein in der Spelunke umher.

»Was willst Du«, sagte der Wirt, »sie haben das Erlebnis der Einheit gehabt, sie haben entdeckt, sie seien zu spezialisiert, und gegen das Erlebnis der Einheit läßt sich nichts machen. Es liegt in der Luft«, sagte der Wirt, »die Zeiten ändern sich, die wollen die Einheit, zu meiner Zeit hat man die Synthese gewollt, und mein Vater, Gott sei ihm selig, der wollte nur Elsaß-Lothringen. Die Zeit fordert die Schöpfung einer neuen Einheit.«

ne voulait que la revanche, non voleva che Trento e Trieste (Er wollte keine Revanche, er wollte nur Trient und Triest)

5. Sie saßen wieder normal da: »Wir wollen unsere Pflicht tun, es war uns nicht vergönnt, es war wirklich anstrengend und langweilig. Wir dachten zuerst, die Aufgabe sei anderen Generationen überlassen, aber dann haben wir einen einfachen Weg gefunden. Der Blatternarbige und der Einäugige sollen auch heiraten, mit Gottes Hilfe liefert ein Schiffbruch bald ganz frische Matrosenwitwen, und unsere Kinder heiraten immer wieder untereinander (Enkel und Enkelkinder), nach den Gesetzen der Züchtung wollen wir sie kreuzen, und einmal ist die Zeit erfüllt, und der neue Mensch ist entstanden, mit einem einzigen

Bein, und irgendwo im Gesicht hat er ein einziges Auge, und das Gesicht ist eine einzige Blatternarbe.«

Die Petroleumlampe qualmte, der Kanarienvogel sang, am Buffet klapperte eine Klapperschlange (wir werden ur), mit verwandeltem Gesicht roch der Wirt an den Hortensientöpfen. Als der Einbeinige die Witwe des Steuermanns verführt hatte, war der Wirt aufgeblüht ... es war sein Altweibersommer. Dann: die Witwe des Steuermanns ist »glücklich«, es fehlt ihr nur noch, daß der Einbeinige tätowiert sei ... Er schlägt vor ... eine schöne große Blume mit einem Rettungsanker ... »Das wäre schön, aber das bin ich nicht gewohnt (es macht sie verlegen) ... »Was möchtest Du?« (er denkt nach) » ... eine Kanone« ... »Auch das wäre schön, aber es würde mich einschüchtern.« – »Was möchtest Du denn? ...« Sie wurde ganz rot, warf sich in seine Arme und flüsterte ihm etwas ins Ohr ... »Herrlich ...«, sagte der Steuermann und warf sich in die Brust ... er geht gleich weg und läßt sich tätowieren. ABER: der Wirt war in der Spelunke dabeigewesen und hatte sich wohlgefällig das Gespräch angehört ... bei der Kanone hatte er einverstanden genickt ... als er aber nicht hörte, was die Frau vorschlug, krampfte sich sein Herz zusammen ... er hätte gerne gefragt, er traute sich nicht, der Altweibersommer war zu Ende, und hier begann der langsame Tod des Wirtes ...

(Er versucht noch einige Male, herauszubekommen, was die Tätowierung ist).

TOD DES WIRTES

Der Wirt war alt und müde geworden. Er sagte: »Das Leben hat mich hart mitgenommen, und die vollständige Zahl ist die Vier, und ihr habt jetzt die Frau im Hause, und ich bin überflüssig. Ich habe für Euch geschuftet und geschuftet im Schweiße meines Angesichtes, und ihr seid undankbar, ihr habt kein Vertrauen in mich gehabt, aber wenn ihr einmal so alt seid wie ich, da werdet ihr mich schon verstehen. Jetzt aber bin ich müde und altersverklärt, jetzt will ich noch ein letztes Opfer bringen, aber dieses letzte Opfer ist diesmal ein Hahn. Bringt mir den Hahn, ich will ihn schlachten, schon mein Ahnherr hat es so gemacht, Hähne sind zwar teuer geworden, bei der letzten Seuche haben alle Hähne geopfert, es ist eine richtige Hausse, aber es bleibt immerhin kein schlechtes Geschäft: ich opfere den Hahn und komme dafür gleich nach dem Tod in eine viel größere Spelunke, an jedem Tisch döst ein Wirt, und jeder Tisch hat eine eigene Petroleumlampe und verströmt himmlischen Qualm. Und wenn ich nicht gleich sterben sollte, könnt ihr mir aus dem Hahn eine Suppe kochen, und ist es mir noch vergönnt, so trinke ich noch die Suppe des Hahnes und trinke mit dieser letzten Suppe, einer guten Hahnensuppe, sämtliche Suppen meines Lebens (lasse sie an meinen Augen vorüberziehen, an meinen Augen, die sich schon trüben). Ihr könnt mir gleich aus dem Hahn eine Suppe kochen – Ich freue mich schon auf den Tod, und außerdem werdet ihr mir bittere Tränen nachweinen, ihr habt keine Kenntnis von mir genommen, während ich lebte, ihr werdet es schon merken, wenn ich tot bin, aber dann ist es zu spät. Ich habe keine Fackel zum Weiterreichen, dafür habe ich eine Petroleumlampe, und die vermache ich der Frau, sie wird eine tüchtige Wirtin werden, die Petroleumlampe liegt unter dem Schanktisch, die Streichhölzer in der Schublade rechts, ich hinterlasse alles in Ordnung, wie ihr seht, vergesse ich trotz meines fortgeschrittenen Alters nicht das geringfügigste Detail. Denn ich bin verklärt und freue mich auf den Tod. Und ich atme noch einmal mit offenen Sinnen den Duft der Hortensien, mein Blick schweift herum, sieht Blumen und eine Öllampe, ich sterbe in Schönheit, die große Spelunke wartet auf mich.«

Die drei suchten den Hahn und konnten ihn nicht finden. Der Hahn war verschwunden. Der Wirt folgte mit besorgtem Blick ... er begann wie besessen zu brüllen, er war ganz verkrampft: »Findet den Hahn, verdammt, findet den Hahn, ich komme nicht in die Spelunke, um Gotteswillen, ich sterbe.« Die drei suchten in allen Ecken herum, der Blatternarbige sagte beflissen: »Vielleicht kann man es mit dem Kanarienvogel versuchen« und bekam dafür vom Wirt, der besessen weiterbrüllte, einen Fußtritt. Plötzlich krähte der Hahn in der Nähe der Nähmaschine, man fand ihn unter den Röcken der Frau. Die Frau tat sehr erstaunt und versicherte, sie hätte es nicht gewußt, aber das Gesicht des Einbeinigen hatte sich verdüstert. Der Wirt brüllte nur noch: »Was hat denn der dort zu suchen ...« aber schon brüllte er: »Schnell, einen Eimer, einen Eimer«, der Eimer wurde gebracht, der Wirt schlachtete schleunigst den Hahn, dann legte er sich auf das Sofa, sein Gesicht war verklärt, er schloß die Augen.

»Jetzt wird er bestimmt zum Abschied etwas ganz Weises sagen«, sagte der Blatternarbige, aber der Wirt schwieg. Der Blatternarbige sagte zum Einbeinigen: »Zwick ihn doch, vielleicht sagt er noch etwas ganz Weises ...« Der Einbeinige zwickte den Wirt. »Au«, stöhnte der Wirt, seine Augen öffneten sich und rollten müde fragend umher. »Ist die Suppe schon fertig?« – »Ein Dreck ist fertig«, brüllte ihm der Einbeinige in die Ohren, »Du sollst zum Abschied etwas ganz Weises sagen.« Der Wirt dachte ganz kurz nach: »... Alles ist relativ ...«, hauchte der Wirt, und seine Augen schlossen sich. »Das war nicht nur sehr richtig«, sagte der Blatternarbige, »sondern es war auch schön und feierlich, zwick ihn noch einmal, vielleicht sagt er noch etwas sehr Weises.«

»Das Leben ist eine Komödie. Die Menschen sind Marionetten.«

»Das war noch viel schöner und länger, und wie feierlich es war«, sagte der Blatternarbige, »ich glaube, es wäre gut, wenn Du ihn noch einmal zwickst ...« »Au«, stöhnte der Wirt, und seine Augen rollten noch müder ... »Jetzt möchte ich aber gerne die Suppe ...« »Nein«, brüllte der Blatternarbige, »dazu hast Du keine Zeit mehr, ich glaube wirklich, Deine letzte Stunde ist gekommen, gleich tust Du den letzten Atemzug. Du stehst schon auf der Schwelle eines höheren Lebens, jetzt leierst Du mir schnell noch etwas ganz Weises herunter ...!« Der Wirt hauchte fast unhörbar: »Alles verstehen, heißt alles ver...« hier sprach er nicht weiter, seine Augen schlossen sich, sein Antlitz strahlte in der Seligkeit eines höheren Lebens. »Wie ferne er schon weilt ...«, sagte der Blatternarbige, »ich glaube, der ist wirklich schon in der großen Spelunke.« »Ja«, sagte der Einäugige, »mourir c'est partir beaucoup; aber leider hat er sein Wissen mit ins Grab genommen, und wir werden nie erfahren, was alles verstehen heißt ...« und er begann, den toten Wirt zu zwicken ... »Zwecklos«, sagte der Einbeinige, »ich kenn mich aus, der redet kein Wort mehr ...« »Nein«, sagte der Einäugige, »ich zwicke ihn nicht deswegen, die ganze Stadt wimmelt von frischen Matrosenwitwen, ich werde bald heiraten, und inzwischen übe ich am toten Objekt. Erst bei vollendeter Beherrschung der Technik ist es erlaubt, Lebendiges anzufassen, es wäre sonst verantwortungslos, es kann immer so leicht ein Malheur geschehen, man ist nie vorsichtig genug, Gott sei Dank gibt es die Tradition der Empirie.« Bei diesen Worten hatte sich der Blatternarbige genähert und begonnen, vorsichtig mitzuzwicken, er machte aber kein überzeugtes Gesicht. Der Einäugige tröstete ihn: »Du wirst sehen, bei einer lebendigen Frau ist es wahrscheinlich schöner«, und sie zwickten weiter, der eine aus ehrlicher Überzeugung, der andere sichtlich aus Pflichtgefühl und Selbstlosigkeit.

»Mein ganzes Leben war nur eine Vorbereitung auf den Tod.«

»Ihr habt kein Vertrauen in mich gehabt, ich bin wie Euer Vater gewesen, und einem Vater sollte man nichts verheimlichen ...«

»Das Schöne am Tode, bald zerfällt der Leib zu Staub, vanitas, vanitatum, vanitas.« Er röchelte.

Der Wirt: »Ich werde bald sterben – mir bleibt nämlich nichts erspart. Statt so dumm herumzustehen, schreibt euch lieber meine letzten Worte auf. Oben rechts das Datum ...« (er stirbt).

Die Frau hatte begonnen, den Hahn zu rupfen. »Wenn man es so bedenkt«, sagte sie, »vor einer Stunde hat er noch gelebt, und jetzt ist er schon tot und seine Augen sind auf ewig geschlossen. Das Leben aber geht weiter, und wir dürfen über unsere Trauer nicht die Pflichten des Alltags versäumen; die Erschütterungen dieses Tages haben uns erschöpft, und wir haben eine starke Hahnensuppe verdient, leider war es ihm nicht vergönnt, Gott sei Dank.« Der Einbeinige schaute ihr zufrieden zu: es war der Hahn, der dreimal gekräht hatte, als die Frau des Schiffskapitäns ausgeblieben war. »Der kräht nicht mehr!« dachte der Einbeinige, und er musterte wohlgefällig die Mutter seiner künftigen Kinder. Der Wirt lag da, das Gesicht in der Verklärung des Todes, der Leib ohne blaue Flecken. Die Hortensienstöcke wurden um ihn gestellt, und inzwischen war die Suppe fertig. »Der Wirt ist tot, es lebe die Wirtin.« Die vier wischten sich den Schweiß von ihrer Stirne, tranken die Suppe und wurden gleich wieder kräftig.

»Schön ist die Ruhe des Todes« sagte der Einbeinige, »es gibt aber eine noch schönere Ruhe, lange ist der Weg dahin, wir gehen nur das erste Stück Weges und werden das Ziel nicht erreichen; unser einziger Trost sei, daß der Weg mit Blumen bestreut ist« (hier blinzelte er galant zu der Frau hinüber), »ist aber einmal der neue Mensch da, mit seinem einzigen Bein und seinem einzigen Auge in seiner einzigen Blatternarbe – und steht dann endlich am unteren Himmel jeder Stern in seinem unrichtigen Zeichen, und der Mond im Zeichen der Haifische und die Sonne im Zeichen der Kuh, dann kommt auch für den neuen Menschen die Zeit der großen Ruhe: hübsch zusammengeringelt liegt er dann da, mit seinem einzigen Mund saugend an seinem einzigen Fuß, sein Auge ist geschlossen, der Sinn der Zeiten ist erfüllt, der Ring hat sich geschlossen …«

»Au!« brüllte die Frau, »das tut doch weh …«. Der Blatternarbige hatte sie furchtbar gezwickt. Nach den früheren Experimenten paßte ihm die Ehe nicht, und er wollte sich doch überzeugen, ob es wirklich angenehmer sei mit lebendigen Ehefrauen. Der Einbeinige fuhr auf und warf ihm einen Hortensientopf an den Kopf. Der Wirt war tot, jetzt konnte es endlich losgehen. Der Kanarienvogel sang, der

Hund bellte, die Zeit der ewigen Ruhe war noch ferne. Es stellt sich heraus, daß die Tätowierung eine Vase mit Vergißmeinnicht darstellte.

»Ich schaue mit Stolz zurück auf mein tätiges Leben.«

»Ich war der zweite Cousin des Unbekannten Soldaten.«

»Man soll mir nicht nachsagen, daß ...«

»Wir räumen auf. Die Leiche soll nicht so unordentlich herumliegen, wenn jemand hereinkommt, soll er doch sehen, daß wir zu leben verstehen.«

Die neue Wirtin tat auch Kanarienvogel und Hortensienstöcke unter Glasglocken, wo sie noch herrlicher gediehen. Sie hatten längst aufgehört, lebend zu sein. Vielleicht war der Kanarienvogel weitergehüpft und hatte weitergesungen, obwohl er schon längst ausgestopft war, und haben die Hortensien weitergeblüht, obwohl sie aus Stoff und Draht waren. Wieso aber der erste Kanarienvogel verhungert ist, als ihn die Frau nicht gefüttert hatte, und die Hortensien verwelkt sind, als sie nicht mehr begossen wurden, wird ewiges Geheimnis bleiben.

RÜCKKEHR

Der Kapitän hatte lange Zeit hindurch seine Frau ganz vergessen.

Kunde von der Seuche im Heimathafen, hoffentlich ist auch sie gestorben (aber sie ist keine Witwe) – ungemütlich bei der Erinnerung an sie (ich werde mir die Nase zuhalten usw.) – aber die Hose sieht er immer vor sich, er entdeckt, daß er eine große Sehnsucht nach der Hose hat – ich habe sie nur flüchtig angeschaut – ja, wenn mir die Tochter des Bürgermeisters eine Hose genäht hätte.

»Es war meine Schuld« sagte er, »ich hätte sie verstehen sollen und die rote Hose anziehen – ich hätte sie nicht enttäuschen sollen.«

»Und vielleicht sogar der Kuß der Sirenen …«

Sie hat ein weißes Kleid an – sie bereitet ihm das Essen vor (»Ich habe nicht vergessen, was Dir schmeckt«) – vom Kaviar mit dem Wodka – und der Schinken aus San Daniele und Mayonnaise und starkes Bier und Schildkrötensuppe – und Erdbeeren und Heringe und Liptauer … Der Kapitän überfrißt sich, und außerdem schmeckt ihm der Sauternes nicht mehr, usw.

Ungemütlich vor den Witwen und Waisen, ein richtig schlechtes Gewissen hatte er nicht, aber daß er ihnen in die Augen blicken sollte … schließlich wußte man ja nicht, daß das Schiff gescheitert war, wie er eine Sirene heiraten wollte, es konnte ein Sturm gewesen sein, eine nicht eingezeichnete neue Strömung.

Aber infolge seiner Rückkehr sind die Witwen besorgt, es könnte auch ihr Mann zurückkommen. Fast jeden Tag kam irgendeine Witwe und erkundigte sich, ob ihr Mann ganz bestimmt ertrunken sei. Der Kapitän konnte es selbstverständlich nicht versichern, nur erklärte er, daß die Chance sehr gering sei, und nicht ganz getröstet, gingen die Witwen wieder weg.

Nur Kapitänen ist die Auferstehung aus den Wassern vergönnt, aber wer weiß, vielleicht gab es unter der Mannschaft einen verborgenen Schiffskapitän.

Und so trat er ins Haus ein, und seine Frau kam ihm entgegen. Ihre Arme und ihr Hals und der Ansatz ihrer Brüste waren weiß und hatten keine blaue Flecken mehr. Ihre Stimme war hell. Und da gab er ihr einen Kuß bei der Ankunft, und ihr Atem duftete noch reiner als bei ihrem ersten Kuß in einem fernen Frühling. »Das ist der Kuß des Waldmädchens«, dachte der Kapitän bei sich. Sie sagte: »Dein graues Kleid ist ganz zerfetzt!« Ihm ging es durch den Kopf: »Vielleicht sogar der Kuß der Sirene.« Sie nahm ihn an der Hand, führte ihn zur schwarzen Truhe und öffnete sie: darin lagen, frisch gebügelt wie einst, seine Uniformen, die rote Jacke und die rote Hose. »Bis

Du neue Kleider hast, mußt Du Dich mit den roten begnügen«, brachte sie ziemlich anständig heraus und triumphierte nicht einmal sehr. »Rot ist immerhin besser als grau.« »Alles ist besser als grau«, sagte der Kapitän, er meinte es anständig, aber der Satz war doch nicht sehr taktvoll. Er wollte es wieder gutmachen und erzählte, wie er sich nach der Hose gesehnt hatte. »Jede Naht habe ich vor mir gesehen. Ich glaube, ich könnte jede Naht wiedererkennen.«

Von weitem schon sah er, wie vor dem Tore seines Hauses der Hund mit dem Knochen spielte, und er beschloß, nicht die Augen zu schließen, und der Duft der Oleander in den Fenstern schlug ihm entgegen, und er beschloß, sich nicht die Nase zuzuhalten, und ein Kanarienvogel sang, und er beschloß, sich nicht die Ohren zuzustopfen. Von weitem schon sah er den Qualm aus der Spelunke zum Himmel steigen …

Sie trinken einen Tee im hellen Zimmer (da lag der kleine Teppich, den mußte er jetzt aufrollen), aber trotzdem

DIE GROSSE DEPRESSION NACH DER RÜCKKEHR: Die Zimmer zu hoch, leerer Widerhall, er konnte die Stuben nicht ausfüllen, Leere zwischen Gegenstand und Gegenstand, alles halb fremd (Wiederholung der Leere der Frau)

Die Frau, lachend: »Ich habe inzwischen auch die

rote Jacke genäht und will sie Dir zeigen.« Der Kapitän sagte: »Diesmal ziehe ich sie gleich an.«

Er ist mager, die Jacke ist ihm zu weit, und die Hose ist nicht fertig.

»Eines aber ist sonderbar«, sagte der Schiffskapitän, »ich kann mich an alles genau erinnern, Du weißt, ich habe ein gutes Gedächtnis, aber eines weiß ich nicht; war ich im Bauch des Walfisches oder nicht – ich habe überhaupt keine Erinnerung, wie ich hineingekommen bin, aber wie es drinnen war und wie ich herausgekommen bin, das sehe ich so genau vor mir, ich muß doch dümmer gewesen sein – aber da müßte ich auch wissen, wie ich herausgekommen bin, und das kann ich wirklich nicht sagen ...« »Es wäre nicht das erste Mal gewesen«, sagte die Frau, »und außerdem, das würde ja an der Familie liegen ...« »Wieso«, fragte verwundert der Schiffskapitän, »an der Familie?« »Du hast mir doch selbst erzählt, Dein Großvater sei während einer Walfischjagd ins Wasser gefallen und von einem Walfisch verschlungen worden ...« »Ach, der ...«, sagte verächtlich der Schiffskapitän, » ... der ist doch nie wieder herausgekrochen.«

Er lächelte: »Wenn Du mir wieder eine Hose nähst ...« »Nein«, antwortete sie mit einem sonderbaren Ernst, »ich werde nie mehr eine Hose nähen, vielleicht war das der Fehler, dazu sind ja die Schneiderinnen da – vielleicht werde ich überhaupt nie mehr eine Nadel in die Hand nehmen ...«

»Ja«, sagte der Schiffskapitän etwas besorgt, »aber wenn mir plötzlich einmal ein Knopf reißt –« »Das weiß ich noch nicht«, antwortete sie ebenso ernst, »am besten, wir besprechen es gründlich von Mal zu Mal (Das wird am besten von Mal zu Mal entschieden). Und machen wir keine Programme.«

Lange Reisen, aber ebenso lange zu Hause. Er nimmt sie manchmal auf seine Reisen mit, seit der Hochzeitsreise war er nie mehr mit ihr ausgefahren: »Ich hätte Dich damals immer mitnehmen müssen« – »Nein«, sagte sie, »das wäre nicht richtig gewesen, ich hätte Dir nicht die rote Hose genäht – ich wäre auch nie mit dem Einbeinigen ins Bett gegangen. Du weißt, ich habe Dich immer gerne gehabt, von Anfang an, aber jetzt, wenn ich es mir so überlege, ist es mir, als hätte erst mit dem Einbeinigen mein Leben begonnen« – »Ja, das verstehe ich«, antwortete er etwas später, »meines hat auch erst begonnen, als ich dem Sang der Sirenen gefolgt bin« (doch seine Frau schien diesen Satz zu überhören).

Sie erzählt ihm alles – nur eines erzählt sie ihm nicht, daß die rote Hose falsch genäht war – »Er hat wieder Vertrauen zu mir, das ist mein Recht auf meine Intimität, nur dadurch rette ich unsere Beziehung.«

Der Kapitän: »Die letzte Zeit habe ich immer die Hose vor mir gesehen – jede Naht kann ich wiedererkennen!« Sie lächelte nicht, sie dachte: Das ist mein Geheimnis. Gut, daß er das gesagt hat. Ich wollte ihm alles erzählen, aber ich würde ihn bloßstellen, so kann es nur Geheimnis bleiben, es gibt sonst nichts, was ich ihm nicht erzählen kann, er soll wirklich Vertrauen in mich haben – und ich verrate ihn nicht, wenn ich auf mein Recht auf mein Geheimnis bestehe. Aber daß die Hose ganz falsch genäht war, das wird ewig mein Geheimnis bleiben – und dieses Geheimnis festigt nur unsere Beziehung.«

»Wir nehmen uns eine Näherin ...« (Tagsüber saß sie da und wurde immer bleicher und bleicher).

»Nein, es war mein Fehler, ich hätte die schlechten Zigarren rauchen müssen (daß ich die schwarzen Zigarren nicht selber geraucht habe).

Er zieht pro forma den roten Anzug an – die Hose ist perfekt, die Jacke sägt unter den Armen.

Der Kapitän war sehr verdutzt: »Es ist in Ordnung, wenn eine Näherin tagsüber in der Dachstube sitzt, da muß sie eben ihre Nächte im Keller in der Spelunke verbringen. – Ich aber war so dumm, und irgendwie habe ich doch geglaubt, man blüht auf, wenn man den ganzen Tag vor der Nähmaschine verbringt. – Ich fürchte, das kommt vom Hund, ich dachte, er werde bald sterben, aber jetzt sehe ich, je zahmer er wird, desto ewiger lebt er. Ich glaube, die Frau soll ihn heute abend in die Spelunke bringen, und wir nehmen uns gleich eine Katze ... es muß noch vieles in uns nicht richtig sein, sonst könnten wir uns gleich einen Löwen anschaffen ... Wer weiß, alles hat seine Grenzen, habe ich damals gesagt, aber siehst Du nicht, wie sich immer mehr die Grenzen verschieben, wer weiß ... Gut, auf alle Fälle, daß endlich der Hund wegkommt ...« Er möchte Schildkröte, ist aber mit Katze einverstanden. »Aber jetzt kommt auch die Nähmaschine in die Spelunke«, erklärte die Frau mit einer unerwarteten Energie, »jetzt beginnen wir zu verstehen, wo der Fehler war, ich glaube, die Nähmaschine schickt einen in die Spelunke, auch wenn man nicht hoch oben in der Dachstube näht, sondern, wie ich, im Erdgeschoß. Und die Näherin soll gleich mit der Nähmaschine unten bleiben, sie gehört zu ihr, vielleicht ist sie sogar nur ein Stück von ihr, und nicht einmal das wichtigste, und dort soll sie für uns nähen, und sie soll zu uns nur heraufkommen, um sich die Arbeit zu holen, und um die Arbeit zurückzubringen, und da bekommt sie auch ihren Lohn – den kann sie dann gleich in der Spelunke verspielen und versaufen. Und wenn Du wieder wegfährst, nur keine Nähmaschinen mehr im Haus, und ich werde mich um die Rosen kümmern ...«

Am Abend wurde die Nähmaschine auf einen Schiebekarren gestellt, der Hund wurde darauf gesetzt. Die Näherin zog mit dem Karren weg. Der Hund hatte keinen Knochen zum Spielen – dafür wedelte er mit dem Schwanz.

Aber die Näherin hatte die erste neue Uniform fertig genäht, das Haus war sauber, der Kapitän konnte wieder auf Reisen fahren.

»Ja«, sagte die Näherin, »der Hund gehört zu mir. Als ich durch die schwarze Nacht irrte, bellte er mich böse an. Jetzt gehe ich mit der Nähmaschine in die Spelunke und siehe da, er wedelt mit dem Schwanz.«

Wenn ich allein bin, kann ich doch nicht als ein halbes Liebespaar herumlaufen.

»Die Hortensien sind das Symbol der ewigen Liebe. Und sie duften nicht. Ich glaube, die ewige Liebe hat ihren Duft verloren. Sicher ist, ich liebe Dich nicht und Du liebst mich nicht. Dazu sind wir zu reif und zu frei. Liebe heißt doch Freiheit, und Freiheit saugt Liebe auf. Man könnte auch sagen, je mehr man liebt, desto weniger liebt man. Was die Leute Liebe nennen, ist Besessenheit, Angst, Verführung, Inversion, Klebengebliebensein an Lesebüchern aus der Volksschule. Hoffentlich wird jetzt die Menschheit reifen, noch ein paar Weltkriege, noch ein paar Pubertätskrisen, und dann hat das Geschwätz mit der Liebe aufgehört. Glaubst Du nicht auch?« Jetzt könnte ich ihm eigentlich von der roten Hose erzählen, dachte die Frau. Aber sie überlegte sichs und sagte nur: »Ich glaube, Du hast recht!« Sie waren sich einig, und sie begannen, sich leidenschaftlich zu küssen.

Die schwarze Narbe: er will sie mit dem Finger wegwischen, und merkt, daß sie eingebrannt ist. »Man muß aufpassen!«, sagte der Kapitän. Das Gesicht der Frau verdüsterte sich, wurde aber gleich wieder hell.

Sie sagt etwas gereizt: »Ich will einmal auch an mich denken. Die Nähmaschine weg – warum nicht? Du hättest nur den Mund aufmachen müssen.«

Nachträglicher Wutanfall der Frau, daß sie wieder die Hose genäht hat – das Moralinfarbene daran paßt ihr nicht.

Der Kapitän geht sehr verlegen im roten Anzug herum –

Er denkt oft an den Wutanfall, als er in der grauen Stadt die geregelten Hormone hatte.

Zu Hause im wieder vergoldeten Rahmen sein Bild, er steht davor und betastet sich die Leber wie der Bürgermeister.

Der Kapitän ist mit seiner Frau glücklich und folglich sehr gereizt – das hatte ihm auch noch gefehlt. Er war doch wegen der Tochter des Bürgermeisters zurückgekommen, hoffentlich findet er sie nicht, Frauen verstehen nicht, daß man sich auch um andere Frauen kümmert –

Das Kleid roch nach Naphtalin: »Tu es gleich wieder weg, das macht doch Kopfweh« – und die Frau hing es auf die Leine, wo vorher die gewaschene Wäsche nach der letzten Nacht in der Spelunke gehangen war.

Der Hafen war zuerst nur ein einziger grauer Streifen, dann eine richtige Spielzeugstadt – wird immer größer: mein Haus – das winzige Spielzeughäuschen.

»... und das war die Nacht mit der Zigeunerin!« dachte er am nächsten Morgen. Sonderbar, daß trotz so einer Nacht ihr Haar so in Ordnung geblieben war, nicht zerrauft, niemand hätte es ihr angemerkt ...

(Die zu breite Jacke:) »Ich habe sie für einen ganz dicken Mann bestimmt, aber der warst Du«, sagte sie lachend – »es klingt geheimnisvoll – es ist ganz einfach – vielleicht erzähle ich es Dir einmal ...«

(an einer anderen Stelle:) »Aber jetzt, Spaß beiseite, warum hast Du die Jacke so breit genäht ...« Ganz sicher fühlte er sich nicht ...

Sie holte den roten Anzug nicht aus der Truhe, sondern aus dem Schrank. »Der Schrank war so leer ...« Naphtalingeruch schlug ihm entgegen.

Die zwei Bengel im Waisenhaus streiten, wer besser Kniebeugen macht ... das Leben geht weiter ... und einer stand abseits und fiel immer um ... der Kapitän sah den Stern auf seiner Stirne, aber dem Bengel brannte der Stern, als sei er ein Kainszeichen ... und so wird aus dem Kainszeichen ein Stern werden, und aus dem Stern ein Kainszeichen, und so wird es weitergehen usw. ...

ZUM SCHLUSS

Er raucht seine Zigarre, seine Frau eine Zigarette – und hie und da tut der Chinese einen Zug aus seiner Opiumpfeife. Und ihr Rauch vereinigt sich, fließt mit dem Qualm der Petroleumlampe zusammen und bildet eine kleine Wolke, die langsam im herbstlichen Abendhimmel zerfließt

die Frau ist schwanger (oder: Progenom, damit das Kind nicht zur Welt kommt: nicht *per procura* die Aufgabe weiterleiten)

Während der Kapitän auf dem Meer ist, geht die Frau manchmal auf Sommerfrische in den Wald (schaden kann es ihr bestimmt nicht).

Schmiegsam, schweigsam, ewig unerreichbar zog die seidene Katze vorbei –

Vorgeschichte der Idylle des Schiffskapitäns (und die Kassandren hatten fast recht gehabt)

Am liebsten aber sitzt der Schiffskapitän unter der Laube, im Herbst, wenn die Blätter rötlich geworden sind und die letzten der Hummeln summen, und liest aus sonderbaren Büchern, die er aus fernen Ländern mitgebracht hat – oder er trinkt langsam und bedächtig von dem schweren, sanften, samtenen

Wein, gepreßt aus Trauben, die unter ganz anderem Himmel reifen. Oft setzt sich auch seine Frau zu ihm und raucht eine Zigarette; er hat seinen Arm um ihre Schulter gelegt, und sein Blick folgt den zarten Rauchspiralen, die sich langsam im ruhigen Abendhimmel auflösen.

Ist es richtig, daß man um einen viereckigen Tisch zu dritt sitzt? ... wenn der Tisch viereckig ist, sitzt man immer zu viert, nur sieht man den Vierten nicht. »Aber wir sind doch zu viert, ich bin schwanger.« Sieht man auch den vierten, wäre der Sinn schon erfüllt, und diese Geschichte hätte schon aufgehört: sie geht aber weiter –

Der Kapitän beschließt, auf Entdeckungsreisen zu gehen. (? – Er nimmt seine Frau mit, im grauen Jägerkleid – die Rosen soll die Tochter des Bürgermeisters versorgen. Sie ist eifersüchtig, aber sie ist schließlich jung – die Zeit ihrer Entdeckungsreisen kommt noch.)

Es ist so wie früher, nur schmeckt es anders. Man hungert ja nur, um bewußter den Geschmack der Speisen zu genießen.

»Wir haben uns viel zu gern, und das ist ein Zeichen der Unreife. Ich brauche noch die Abenteuer, um zu lernen, dich nicht mehr gern zu haben.«

Es geschieht, was die Sirenen gesungen haben.

»Ich muß suchen gehen, was ich mein ganzes Leben gesucht habe ...«

Wer ist die Frau? Man weiß nicht einmal, ob sie dick oder dünn ist, blond oder schwarz! Du hast keine Eigenschaften, wenn ein Romanschriftsteller dich beschreiben wollte, wüßte kein Leser, woran er sich halten soll. Du bist ein Schema, eine Formel, vielleicht ein Gespenst, sicher das *Leben* (*se vi pare*) – Bist Du jung oder alt? Ich weiß, Du hast graue Haare, aber sie sind gefärbt (schwarz) – bist Du grau, bist Du schwarz? (Es ist richtig, daß Du sie färbst.) Wenn Du sie lange nicht färbst, ist die Wurzel weiß – sonst weiß ich nichts ...«

Sollte der Schiffskapitän die Tochter des Bürgermeisters lieben, bleibt der Frau der Bootsjunge – Wir müssen doch alle unsere Jugend nachholen – die Welt hat sie uns geraubt – aber wahrscheinlich überwindet der Schiffskapitän die Liebe zur Tochter des Bürgermeisters, es ist an der Zeit, allein zu sein – hoffentlich überspringe ich nichts, sonst wird es sich rächen ...

»Du hast die Sirenen, ich dafür das Lied, das der Bootsjunge auf der Ziehharmonika spielt – ich bin vor der Maschine gesessen, denn ich hielt es für richtig, es nicht zu hören – und das war dumm, denn als ich nicht mehr mit der Maschine nähte, hörte ich es nicht mehr – manchmal herrschte im Hause eine furchtbare Stille.«

Das rote Kleid bekommt ein Kind

Die Verbrennung der Broschuren

»Vielleicht ist die Schuld, daß wir eine Katze statt der Schildkröte genommen haben ...«

»Nein«, sagte der Schiffskapitän, und tat einen Zug aus seiner Zigarre, »vielleicht gibt es doch eine Grenze zwischen Gesang und Leben« (er dachte an die Sirenen). »Ja«, sagte die Frau, und tat einen etwas zu entschiedenen Zug mit ihrer üblichen unerwarteten Entschiedenheit, »es muß doch eine Grenze zwischen Gesang und Leben geben (sie dachte an die Hosennähte). Der Chinese sagte nicht nein, nicht ja, und er rauchte langsam seine Opiumpfeife. Weit oben kreiste der Falke. Im Fenster der Dachstube sitzt die Katze. Und der Rauch aus der Laube fließt zusammen mit dem Qualm der Spelunke und bildet eine kleine Wolke, die langsam im rötlichen Herbsthimmel zerfließt.

Die Erfolge der grauen Befreiung waren so groß, daß auch die grauen Hunde frei wurden.

Draußen: (Gerüchte daß) die graue Fortschrittsbewegung immer mehr um sich gegriffen hatte. Sie lag in der Luft: sogar ein grauer Hund war, so erzählte man, von ihr so erfaßt worden, daß er seinem Herrn davongelaufen war. Er ist dann aber unterwegs elend verhungert, denn es war ihm nicht gelungen, seinen Maulkorb abzunehmen. Und so wurde er ein Symbol der Märtyrer der Freiheit, und man trug sich sogar mit dem Gedanken, ihm ein Denkmal zu errichten.

Im Schrank hingen die vier Kleider: die blaue Uniform ganz zerfetzt.

Schlangenweg von Frau zu Frau

Die Führung: die Frau hat ihn ins Meer hinausgetrieben,
die Sirene in die Welt gebracht,
das Waldmädchen in die graue Stadt,
die Tochter des Bürgermeisters hat ihm den Mut gegeben, weiterzufahren

Der Falke kreist über Rosengarten und Meer

Manchmal kommt auch der Chinese zu Besuch: dann sitzen sie zu dritt in der Rosenlaube und sprechen von den Stürmen und den Windstillen des Meeres, von den Wesen und den Gespenstern der Erde, von den Sternen und den Nebeln des Himmels. Immer aber, wenn es Abend geworden ist und die Öllampe brennt, beendigen sie das Gespräch damit:

»Was es nicht alles gegeben hat«, sagte der Schiffskapitän, »sogar den Einsiedler im Walde.« – »Den gibt es aber schon lange nicht mehr«, sagte der Chinese. Die beiden schauten ihn fragend an. »Ich selbst«, sagte der Chinese, »bin der Einsiedler gewesen.« Die beiden waren aufs höchste verwundert. »Wie wird man denn aus einem Chinesen ein Einsiedler?« fragten sie. »Ich habe lange mein Fleisch kasteit und habe mich von Wurzeln und wildem Honig genährt und habe Gott in der Höhe gepriesen. Als aber die Zeit erfüllt war, ging ich hin und kaufte mir ein neues Bügeleisen. Und damals begann zu meinem Erstaunen auf den Bäumen vor meiner Hütte Geld zu sprießen.«

»Da mußt Du sehr reich sein, wenn Du die Bäume kennst, auf denen das Geld wächst ...«

»Das Geld auf den Bäumen«, sagte der Chinese, »blüht im Frühling, reift im Sommer, verwelkt im Herbst. Im Winter sind die Äste kahl, da muß ich bis zum nächsten Frühling selbst für mich sorgen.«

»Wenn Du der Einsiedler warst, dann weißt Du wohl auch, was aus dem Waldmädchen geworden ist?«

»Das Letzte, was ich von ihr gehört habe, ist, daß sie von einem Hofball (sehr schön und mit goldenen Schuhen) schleunigst entfernt werden mußte: sobald ein Mann sie umfaßte, um mit ihr zu tanzen, schlug sie gleich einen regelrechten Krach und behauptete, er habe sie gezwickt (vielleicht hat sie recht gehabt). Aber ich bin lange nicht mehr im Walde gewesen und weiß nicht, was alles mir ihr geschehen ist. Ich weiß, sie hat noch viel mit grauen Männern zu tun gehabt, aber hat sie erst einmal lesen und schreiben gelernt, verlieren die grauen Männer jede Macht über sie, und zum Schluß heiratet sie einen richtigen gelben Chinesen« – und er tat bedächtig einen Zug aus seiner Opiumpfeife.

»Das hängt davon ab, was für unerwünschte (unmögliche / unbequeme) Hosen du mir aufdrängst.«

»Ich nähe nicht mehr.«

»Aber Du kannst sie fertig kaufen, und sagen, Du hättest sie genäht …«

»Ja, ich kann Dir auch andere Streiche spielen, es spukt alles mögliche in mir –

»a priori verziehen – so kann ich Dich später mit besserem Gewissen lassen«.

»Was machst Du dann?«

»Das weiß ich noch nicht. Ich beschließe es später. Alle Meere der Welt sind mir offen … Zuerst will ich noch mein Buch fertigschreiben.«

»Was schreibst Du denn eigentlich?«

»Eigentlich meine Geschichte … die Geschichte irgendeines Schiffskapitäns.«

»Fehlt Dir noch viel?«

»Nein, nur noch … Zeilen.«

»Dann dauert es nicht lange.«

»Wer weiß, vielleicht auch sehr lange.«

»Ich habe Zeit.«

»Aber bei mir dauern … Zeilen länger.«

»Ich habe mehr Zeit als Du.«

»Wer hat mehr Zeit?«

»Das werden wir sehen. Ist dieses Gespräch inbegriffen?«

»Bestimmt, denn jetzt fehlen nur noch Zeilen.

Aber jetzt hör auf, sonst fällt das Gespräch aus dem Rahmen. Dann bleiben Zeilen übrig. Wenn wir sie nicht streichen, fällt das Ende mitten im Satz.«

Sie lachten beide.

»Warum führen wir so dumme Gespräche?«

»Ich glaube, aus romantischer Ironie.«

Und der Kapitän schrieb die letzte Zeile.

ANHANG I

WEG ZUM SCHLOSS

Alle laufen nach verschiedenen Richtungen, humpeln, tänzeln, marschieren, kriechen, klettern – und suchen den Gral. »Vielleicht hast Du ihn bei Dir?« – Er drehte die Taschen um. Nichts.

Nach dem Tod Amfortas' kommt die Zigeunerin mit der arabischen Salbe – endlich schläft er mit ihr, die Hormone sind besänftigt, es wird so normal, daß er in einem möblierten Zimmer aufwachte –

die Schwelle

Der Hüter des Tores war alt und kurzsichtig – edel, borniert, Spion des Lenkers. Beobachtet alle, macht geheime Diagramme, Statistiken. Als er fertig gerechnet hatte, war der Kapitän längst schon über die Grenze.

Die Pressereporter und Photographen, die überall versteckt auf den Tod des Amfortas warten.

Ein einziger Tropfen Blut, die Maschinerie ist abgelaufen.

Die Flecken auf den Rüstungen, die mit Sidol nicht weggehen.

Von der Ferne: die zerstörten Tempel und das brennende Dorf.

Eine Sackgasse: wer hier nicht leben will, muß wieder in den Wald hinunter und den Weg gerade dort aufnehmen, wo er ihn verlassen hat. Und hier oben ist alles schaler Selbstzweck, schöner Tod, aber das Leben geht nicht weiter, die Aufgaben draußen bleiben ungelöst.

Der König stirbt, weil er nicht Penicillin will – er wartet auf die Salbe aus Arabien, die ihm Kundry bringen soll ...

Kundry ist fest überzeugt, daß der Weltumsegler ihr die Salbe bringen wird – er ist in mich vernarrt, er ist mir hörig, für mich macht er alles, was ich will ...

Sterben auf verlorenem Posten – Tradition: alten Sil nicht verleugnen.

Steuermänner werden gesund, weil sie Sulfonamide fressen, Könige sterben, weil sie kein Penicillin wollen – welche Umwälzungen auf der Welt ...

An der Wegscheide die beiden Meister.

Beide Wege sind gleich. Führen in die gleiche Landschaft hinaus.

Beide Meister sind gleich. Kalte, faszinierende Augen.

»Man wählt immer den Falschen. Und der Falsche ist zum Schluß immer der Richtige.«

»Ja, wenn es so ist, könnte man sich denn nicht die Zeremonie ersparen?«

»Nein, denn dann hätte man nicht die Wahl ...«

Die Anstalten, um ihm den Weg zu versperren – aber nur ein Zeremoniell (leiern Verbote herunter).

Sie sollen eine Kanone abfeuern – der Schuß geht nicht los: »Da hat wieder so ein unschuldiges Kind ins Pulver hineingepißt.« Die Säbel sind schartig, die Uniformen zerfetzt, ein schmutziges Hemd hängt heraus. Das ganze Ritual ist »Ersatz«, die Uniformen sind zusammengelötet (»soldatura autogena«), alles ist Papiermaché, und alle sind wirklich adlig, und zerlitten sich (man muß mit der Phantasie nachhelfen) mit einer wirklich adligen Geste – (»meine Göttin, die Phantasie«)

»Aber ein ›*circolo vizioso*‹, alles war überflüssig, auch heraufzukommen.«

»Ja, aber der einzige Weg führte hier durch ...«

»Warum macht man keine anderen Wege?«

»Es sind eben keine da.«

Die Ritter verachten die Stadt ...

Die geheimnisvolle Frau, die der Großmeister geholt hatte (es ist die Morphinistin)

Der letzte Weltkrieg hatte die Gralsburg stark beschädigt. Insekten waren eingedrungen, überall DDT. Der Kelch zusammengelötet – Inflation – ein Ritter hatte sich auf einer morschen Treppe, die zusammengebrochen war, ein Bein verletzt.

GRALSBURG

Lebensstil <–> Leben

(Amfortas): »Der hat nur Angst vor den Injektionen«, sagte der Psychologe. Hie Injektion, hie Tod. Was war diese Angst, die so groß war, daß sie zur Leistung zwang …

WEIN

Wein, Meerwasser und Blut
Rosenzucht und Falkenjagd
tiefer herab – wo Kristalle schweigen –

Ich, ein Schiffskapitän, ich, ein Rosenzüchter, ich, ein Falkenjäger

Meer ringsumher oder Urwald, Reisfeld, ewiges Eis.

Götter erwachten, die tief in den Drüsen geschlafen hatten.

Für die Menschen der Hölle gelten die Gesetze der Hölle – für die Menschen der Wandlung gelten die Gesetze der Wandlung

Er wird langsam ein Säufer: weil es grau ist, trinkt er, je mehr er trinkt, desto schöner ist das Leben im Wein, und desto folgerichtiger geht die Schicksalsverfolgung im Leben weiter.

Er erkennt, es ist der ewig alte Kampf zwischen Poseidon und Minerva – endlich hat Poseidon gesiegt.

(das Gedicht: von einer zarten Wendung Deines Halses)

Die Katze im Fensterbrett. 9 Uhr 38. Wenn sie noch 22 Minuten bei mir bleibt, gehe ich mit dem Waldmädchen ins Bett. Sie schmiegt ihren Kopf an seinen Arm. Er steckt sich eine Zigarre an, die Katze geht gleich weg. Dumm wie ein Mann ...

(Waldmädchen:) die Angst, daß es sich vor dem Tode nicht ausgleicht.

(Der spitze Blick einer Frau, während er die Rechnung zahlt.)

Der verlorene Abend, Schuldgefühle, aber eine Idee ist entstanden, in anderen Kategorien viel wertvoller.

Der Schluck mehr, der Bissen weniger, von denen das Schicksal abhängt – die richtige Vision – was heißt die richtige Vision? – Daß man nichts vom eigenen Körper weiß –

Er trinkt mit der Tochter des Bürgermeisters zusammen – die »dämonische« Spannung –

Alles, was ich tue, um mich zu befreien, ist zu viel oder zu wenig. Vielleicht geht es nur um eine Zigarette – aber welche – (rauch ich sie, ist es Gier – rauche ich sie nicht, ist es Verzicht, und beides ist gleich böse) –

Er geht in dem Sang der Sirenen auf.

Der letzte Byzantiner (Problem des Mosaiks)

Ich kann nicht auf die Sirene verzichten

Er geht ins Wirtshaus, füllt die Füllfeder und kauft sich ein neues Notizbuch, um die Geschichte eines Schiffskapitäns zu schreiben, aber er legt die Streichholzschachtel auf die Zigaretten, dann umgekehrt, dann wieder umgekehrt. »Danke«. »Danke *Ihnen*«.

»Warum ich immer nur noch ein Viertel bestelle? Es ist ein ununterbrochener Abschied. Ich trinke am Rande des Todes.«

Eine Frau im schönen Pelz stand von einer Gesellschaft an einem fernen Tische auf, ging unschlüssig herum, das ist die Wende, die Frau machte drei Schritte in seine Richtung, wendete sich an einen Kellner und flüsterte, er zeigte auf die Hinterstube, dann rechts, dann links, die Frau verschwand, der Kapitän lächelte schicksalsergeben.

getrunken am Rande des Todes

Er sucht sich immer eine Ecke aus.

Der Schüchterne setzt sich gleich an den ersten Tisch an der Türe

Und von Viertel zu Viertel entrückte der Alltag.

Breit lag der große Perserteppich vor ihm aufgerollt da (nicht ganz, ein Zipfel war immer zusammengerollt ...), Himmel, Land und Meer ...

Der Däne verbeugte sich vor dem Wirt – die Dänin machte einen Knicks

ZUM VORSPIEL

MENSTRUATION – Sie wird dick, wieder dünn, dann aufgeschwollen usw. – die Behaarung – das FEUCHTE – Rückenschmerzen – einen Tag vorher: Heißhunger, Zuckerbäckerei – dann keinen Hunger, und ihre Höschen sind ROT

Uhren (SANDUHR): Er dreht die Sanduhr um, BEVOR sie ausgelaufen ist – der Tod war steckengeblieben – VANITAS – UNA EX ILLIS ULTIMA – sie läßt die Uhren richten

Die Schere ist nicht mehr scharf

Nach der »ORGIE« durch die mondlose Nacht. Am Schluß die erste dünne Sichel

Ein Fleck aber geht nicht weg, der war nicht auf den Schenkeln – irgendwann, später, wieder ein Fleck

der COSMOGRAPH

Milchkaffee in der Bier- oder Weinflasche

leere Likörflasche – leere Flaschen in der Küche

Ungeziefer

verwelkte Blumen in den Vasen –

Auf der Teekanne ein Küchentopfdeckel

Sie findet den Stock des Kapitäns und spaziert damit in der Wohnung herum – idem (schwarzes Monokel)

Die Tapeten lösten sich von den Wänden, hie und da aufgebauscht – sie muß doch neue Tapeten machen lassen, tut es aber nicht –

Als er die Zigarrenasche irgendwo findet, wo sie nicht hingehört, ist es ihm zu viel – Asche, Asche, Asche ...

FAHRT

(Florian): Crollo di noi europei, del nostro mondo (Zusammenbruch von uns Europäern, unserer Welt) – Der andere stierte trübsinnig vor sich hin, weil unsere Welt im Untergang begriffen war. – Langes Schweigen.

Der Kapitän war gar nicht ertrunken – und so wurde der Kapitän nach und nach vollkommen verrückt … und so blätterte er in den Gedichten eines Lyrikers herum … am schwersten wegzuwerfen sind Photographien …

»Die arme Zigeunerin …«

Der STEUERMANN: tätowiert: der Kapitän ist neugierig, erfährt aber nie, was die Tätowierung darstellt. –
– Die Kanone schaute aus dem Sweater heraus …
– Er steuert schnurstracks in die Jungfrau hinein

»Ich habe nur Befehle ausgeführt.«

So besessen vom Aufräumen, daß er vergißt, den Kurs zu regeln … fast Schiffbruch

Er träumt vom homerischen Fischerdorf …

gehetzt – deprimiert

vereinsamt, er starrt vor sich hin, er hatte keine Lust, Leute zu sehen und jammerte, daß er vereinsamt war …

– dem Kellner Zusammenbruch erzählen

Er hämmerte mit kraftlosen Händen an ewig verschlossene Bronzetüren

Die neuen Methoden sind nichts wert …

gegen SCHLUSS: Kopfweh
WUTANFALL – er zerbricht den Teekessel

Sein Heimathafen, einmal ein Fischernest, ruhig verlief das Leben im Auf und Ab von Ebbe und Flut, was hatte sie ins weite Meer hinausgetrieben? – Manchmal war Sturm, und von den hohen Klippen hob sich kunstphotographisch das Profil der Frauen ab, die gelähmt zuschauten, wie ihre Ernährer vom Großen Ernährer verschlungen wurden – sie zogen ihre schwarzen Schals zusammen …

Rasch (oberflächlich) Ordnung machen, bevor der Freund kommt

gegen Ende: alle haben ihn »verraten«

und er lief aufgeregt in der Kajüte herum: ich zwei Bei-ne, er ein Bein … der ist nicht einmal imstande, eine Kniebeuge zu machen …

er hat jahrelang etwas ganz Unmögliches mit sich herumgeschleppt (bocchino rotto – kaputte Zigarettenspitze)

die Versuchung, den Feind zu lieben

Es blieb ihm das neue Denken

UND die sieben Pfade der Erlösung

Ruinen: er stellt zwischen verfallenen Mauern und zertrümmerten Säulen (oder auf der Insel) Freundschaftstempel

Er sitzt wie die Melancholie …

Seine Höflichkeit ist Feigheit

Tätowierung des Steuermanns – der (männliche) Mond vögelt mit der weiblichen Sonne –

die rote Flagge
das rote Licht
das rote Kreuz

(er läßt aus Übermut die rote Flagge hissen)

Er macht Frauenarbeiten

Nachts kann er nicht schlafen, springt auf und stellt Schachteln um (er stellt rechts und links um)

alles muß schön geschieden sein

Während er arbeitet, vergißt er, Befehle zu geben, und der Steuermann rettet die Situation

Schuhe besohlen lassen oder nicht, die Absätze waren am Scheidepunkt angelangt

Manchmal ißt er Joghurt, manchmal gefüllte Kutteln.

Die Tauben auf dem Platz, er möchte sie erwürgen

Ins Wasser mit einem Aufatmen

Er erlebt den Tod durch Zerstückelung: jeden Tag verlor er ein Stück (ein Stück lag hier, ein Stück lag dort)

Der Wind wirbelt die Papiere auf (oder irgendetwas macht Unordnung), er fängt geduldig wieder an (hat der Bootsjunge das Fenster offengelassen?)

Die Erinnerung an eine alte unerledigte Angelegenheit beginnt zu brennen.

Die Tätowierung: zwei Halbmonde, die sich die Zunge zeigen, aber die Zunge war nicht gerade eine Zunge.

Bild der Frau zerreißen: er zerreißt seine Frau

Der Würfel war gefallen

Befehle mit scharfer Stimme, kampfbereit in die Kajüte zurück, mit unwiderruflicher Strenge die Türe zu

ein dunkelgrauer Streifen im hellgrauen Nebel

Plebs, dachte der Schiffskapitän

HEILIGES BUCH

Es war eine alte, von den Jesuiten besorgte Ausgabe der Geschichte der Zählung der Monate, das Heilige Buch, in dem die Königinnen zu lesen pflegten, einem Eunuchen diktiert von X. im Sommer ihrer Verbannung in der Grotte mit der sprudelnden Quelle, beginnend mit der Anrufung der Großmutter des Mondes, der vielbrüstigen, der schlangenhaarigen, der von Tauben umflogenen, von Bären umtanzten, über die die Kuh sprang, und roter Regen drohte die Erde zu ertränken, fortgeführt mit der Abfolge der Dynastien und der Königinnen und ihrer Lieblingsmagd, mit der Farbe ihrer Haare und ihren wahren Namen, eingeschrieben im Monat ihrer Geburt, gestrichen im Monat ihres Todes

Dictionary of folklore

oh my God and my Goddess

überspringt Stellen: zu langweilig

Fallender Mond: Fluten, Stürme, Geister

Der Taubringer

Befruchtung durch den Mondvogel

Das rote Tuch vor dem Bild der menstruierenden Göttin

(Mond, Mond, immer Mond ... dachte der Kapitän bei sich)

Die Mondgöttin schaut untätig zu, während der Sohn getötet wird, dann rasende Trauer (auch alle Frauen trauern um ihn)

ihr heiliges Tier, die Taube – darum erwürgt er sie

die weiße und schwarze Göttin

SIRENEN

Die Prinzessin

Die Varietésängerin

Errötend im ersten Ballkleid

und die Welt ist vor mir, und die Welt ist hinter mir

ineinander verwickelte Beine

»und ich spreche konkret vom Vögeln«

»ich bin mein Lied, wie alle«

»und mein Lächeln ist wissend und satt, und liegst Du entkräftet neben mir, decke ich Dich schön zu mit einer warmen Decke …«

Sang die Sirene, oder waren es die Sirenen …

»und gröle dazu mit meiner heiseren Stimme, und erzähle Zoten, und lache, und unheimlich grölt mein Husten aus meiner hohlen Brust«

»Löse Dich auf in diesem einzigen Orgelton – doch plötzlich, gellend, ein Katzenschrei, akut – und wirklich gellte die Sirene dazwischen, gellte zwischen Gesang und Leben, und eine Grenze gab es anscheinend doch, wer weiß, war der Katzenschrei die Grenze, der Schiffskapitän lag allenfalls plötzlich im Wasser

Die Negerin – eisige Brüste (hart wie Eis)

Die Frau – helle Stimme, duftender Atem

Das Gegenteil einer »éducation sentimentale«

(die Erziehung zur Verachtung)

Bei Eliot ertrinken

Die Juden mit trockenen Füßen durch das Rote Meer.

Der Kapitän aber ...

Eine Erziehung zum Hochmut

Erziehung zur Verachtung (wieviel christlichen Kitsch hatte er noch in sich) ...

Lesen: Hiob
Odyssee
Milarepa
Mysterium der Wandlung
The hero with a thousand faces
Aeppli: Der Traum und seine Deutung
Herkules

Firdusi
Legenden Strindberg
xxx: au pays des Tarahumaras
(N.R.F. 287 – août 1937)
Faust
Poliphil
Hohes Lied

Nachforschen: Kanarienvogel
Koralle
Nähmaschine
Trinacria
Gasfabrik
Delphine

Alles wird herumgewirbelt

Eine Stelle, wo
Frau
Tochter des Bürgermeistes
Frau des Steuermanns
Sirenen
Zigeunerin
(antizipiert) Frau des Wirtes
eine ist

DIE BEIDEN TEPPICHE WERDEN AUFGEROLLT

Insel = Bauch des Walfisches

war er auf der Insel oder
war er im Bauch des Walfisches
oder war die Insel der Bauch des Walfisches?

Die zu kurze Hose war eine Vorahnung des Einbeinigen

»seit ich erfahren habe, daß man nicht geboren wird und nicht stirbt ...«

das Rad der Dinge

Ja, sogar der Chinese ist nur ein Wesen des Meeres (vielleicht bist Du und der Chinese nur eine Gestalt des Gesangs der Sirene)

Aber warum Märchen – bis jetzt war es Realität, so etwas kommt doch alle Tage vor – doch jetzt beginnt das Märchen

Es gibt keine verlorenen Paradiese, es gibt nur überwundene Paradiese – wenn ich es verloren habe, da gehe ich eben noch einmal zurück, um es zu überwinden (ein anständiger Mensch braucht eben keine verlorenen Paradiese)

und zum Schluß wird das Paradies eine Hölle – und dann geht es weiter – was wir brauchen: der Göttlichen Komödie vierter Teil, wo keine Hölle mehr ist und kein Fegefeuer und kein Himmel – aber dieser vierte Teil ist nicht der Tod ... (nach der Akzeptation des Todes)

RHYTHMUS von Leben und Tod stärker betonen ... Jahreszeiten – Tag- und Nachtgleiche (Menstruation = Schiffbruch des Schiffskapitäns)

Wenn's hoch geht, spielen wir Novalis

Alles, was schon gewesen ist, kann ich nicht mehr ...

X. lebt vom Hunger der Ahnen

andere Schiffbrüche an derselben Stelle – Aber kein Kapitän kommt zurück – es ist auch richtig so ... man hat nie an der Stelle zu stranden, wo schon andere gestrandet sind ... Wirkliches Leben heißt: neue Stellen zu erfinden, wo man stranden kann ... jedes neue Werk ist nur die Erfindung eines neuen Todes –

Das heißt nicht, daß keine Kapitäne mit dem Leben davongekommen sind ... aber (für uns) sind sie Steuermänner geworden ...

Nach der nächsten Krise auch Falken, Rosen usw. in die nächste Spelunke. (Sich gegenseitig in die nächste Spelunke stecken. Der Chinese: »Ich habe Euch schon längst in die Spelunke gesteckt ...«)

»Du hast mir die Augen geöffnet ...!« (Anscheinend hatte sie die Augen wieder geschlossen)

Denn immer liegen am Anfang die Teppiche zusammengerollt in der Kajüte.

ANHANG II

INTERVIEW ÜBER TRIEST
(Auszüge)

(...) Die Situation Triests war heikel: Eine Stadt, in der ein venezianischer Dialekt gesprochen wird, umgeben von einem Land, wo nur eine slawische Sprache gesprochen wird; der intellektuellere Teil des städtischen Bürgertums abgeschnitten von jenem Land, dem er durch Sprache und Kultur anzugehören vermeint (obwohl er das »Toskanische« nicht kennt und obwohl die Kultur ... aber reden wir nicht davon), und der also gezwungen ist, im 20. Jahrhundert auf eine rhetorische fackelschwingende Phraseologie des 19. Jahrhunderts zurückzugreifen; der glaubt, daß das Italienische das feine und reine Idiom sei und Florenz die Stadt der Blumen; der glaubt, daß man in Rom die Wölfin melkt, um ihren Nachkommen die Milch zu geben, der Votivlampen spendet und überall Markuslöwen anbringt, der zittert, fleht, bebt, strebt, leidet, wartet, sehnsüchtig wünscht, vor Wünschen vergeht, brennt, sich opfert, fordert, keucht, begehrt; und wenn man im Teatro Comunale den »Nabucco« gab, hefteten sich die Gedanken aller Kaufleute, Börsenmakler, Bankdirektoren und Versicherungspräsidenten, Ärzte, Rechtsanwälte, Importeure und Exporteure, die im Parterre saßen, der Mittelschulprofessoren, die auf dem Balkon saßen, der Studenten und der Schneiderinnen, die sich auf der Galerie drängten, auf die vergoldeten Flügel, und der Enthusiasmus ist von der Art, das Theater, wie man in Triest sagte, zu stürzen. (...)

Der andere, weniger gebildete Teil dieses Bürgertums macht weiterhin seine Geschäfte, investiert den Gewinn in sichere Firmen (um sie bei Kriegsende alle zu verlieren), geht ins Tergesteo, spricht lieber von Geschäften als von Politik, bebt und rast ebenfalls am Ende ich weiß nicht welchen Aktes der »Puritaner«, kauft Briefmarken der Lega Nazionale, zahlt seinen Mitgliedsbeitrag an die Gesellschaft »Patria« und an die Lega Nazionale, an die dramatische Philharmonie, während hingegen die Damen bei den »Gespenstern« von Ibsen in Ohnmacht fallen und aus dem Saal getragen werden. Ich übertreibe nicht, unter den Ohnmächtigen befand sich auch eine meiner Tanten.

In der Stadt also dieses Bürgertum – wenige Schritte von der Stadt entfernt, im Karst, die slowenischen Bauern, auf einer armseligen, felsigen, sterilen Erde, wo sie, ausgenommen in den Dolinen, dem steinigen Boden wenige Quadratmeter bestellbaren Bodens entringen müssen. Primitiv, in überholten Mythen befangen, ohne kulturelle Traditionen, stolz und mit der ganzen Empfindlichkeit eines leichten und berechtigt verletzten Stolzes. Die Italiener fühlen ihre ganze Überlegenheit über diese Wesen und lassen diese Wesen ihre Überlegenheit, welche auf dem Abitur, ihrem bei den Assicurazioni Generali versicherten Leben (es war dies eine Welt, in der man alles versicherte) und ihren Handelsbeziehungen mit dem Ausland beruhte, spüren. Ich weiß nicht, welche Möglichkeiten des Einverständnisses zwischen Italienern und Slawen es derzeit in Triest gibt, aber ich weiß, daß sämtliche italienischen Triestiner Familien, die slowenische Dienstmädchen hatten (und die Kontakte zwischen Italienern und Slowenen beschränkten sich – ausgenommen ein paar Ladenbesitzer, Verkäufer von Heilkräutern etc. – auf eine Beziehung zwischen italienischer bürgerlicher Familie und slowenischem Dienstmädchen bäuerlicher Herkunft) und diesen menschlich gegenübertraten, ohne Hochmut und kulturelle Überlegenheit, immer mehr als zufrieden mit diesen Dienstmädchen gewesen sind: arbeitsam, anhänglich, aufmerksam, intelligenter als die Hausfrauen, rasch im Assimilieren und Lernen, andererseits jedoch zu leicht beleidigt und sich hinter einem starrköpfigen und revanchistischen Widerstand verbarrikadierend. Doch im allgemeinen verachteten die Italiener, von ihrer Überlegenheit aufgeblasen, diese Dienstmädchen (s'ciavo war ein Schimpfwort) schon allein deswegen, weil sie bis zu dem Augenblick, wo sie es nicht gelernt hatten, kein Italienisch verstanden (dieselben Italiener hätten sich allerdings sehr gewundert, wenn die Slowenen sie verachtet hätten, weil sie kein Slowenisch verstanden) und riefen bei ihnen ein dumpfes Ressentiment hervor, das dann in ihnen brütete. Andererseits legten diese Dienstmädchen – aufgrund der Schnelligkeit, mit der die Völker des Ostens die europäische Kultur assimilieren –, wenn ihnen die Umstände günstig waren, sich leicht eine herrschaftliche Patina zu. Und wie Budapest pariserischer war als Paris, war Laibach wienerischer als Wien. Ich habe Dir gesagt, daß ich deutsche Schulen besuchte und italienischer Irredentist war. Meine Familie gehörte zu jenem weniger intellektuellen Bürgertum, von dem ich Dir erzählt habe. Also, deutsche Schulen, wie es die Mehrzahl der Bürger hielt. Es war die Zeit, in der man wußte: »Wer Sprachen kann, hat die Welt in der Hand«, als ob es ein endloses Bedürfnis nach Hotelportieren gäbe. Also, bis zum siebenten Lebensjahr habe ich überhaupt keinen politischen Eindruck gehabt. Mit sieben, die ersten Ferien in Italien, im »Reich« – mit anderen Worten in Friaul, nördlich von Udine. Und dort im Hotel ein großes Fest, Pro Lega Nazionale, Trikoloren, Fahnen, Reden, Usurpatoren, Eindringlinge, Henker, Fremdherrschaft, Garibaldihymne, Mamelihymne, Königsmarsch. Und eine Signora, sooo dick und sooo groß (ich übertreibe nicht), mit Schnurrbart, ich werde sie niemals vergessen, und daß auch Gott ihr niemals verzeihen möge, die mir, als sie hört, daß ich eine deutsche Schule besuche, erklärt, und zwar mit allem Groll, dessen sie fähig war, mir, der ich nur wenig mehr als einen Meter hoch war, daß sie eine Unterdrückte sei und ich ein Unterdrücker, was auf mich einen wirklich umwälzenden Eindruck gemacht hat, sodaß ich es mir zur Pflicht gemacht habe, ebenfalls ein Unterdrückter zu werden, und ich glaube, es ist mir ziemlich gut gelungen. Also, nieder mit Österreich, dem Eindringling, dem Knödel, dem Tellerlecker, und das alles mit dem Enthusiasmus eines

Knaben im Alter, wo man Indianer spielt, tödlich leidend, weil er deutsche Schulen besuchen muß – und darunter ein Minderwertigkeitsgefühl, von dem ich Dir lieber nichts erzähle.

Die Stadt kämpft also um ihre Italianität, Österreich jedoch gewährt alles. Triest bekommt alles, was es braucht – und so viel, daß, wie man mir versicherte, eine der größten Geschicklichkeiten der irredentistischen Politik darin bestand, eine italienische Universität in Triest zu fordern und sie sich gleichzeitig verweigern zu lassen. Hätte man sie bekommen, hätte man nämlich keine Argumente mehr gehabt. Diese Stadt nun, in der man einen venezianischen Dialekt spricht, und ihr Hinterland, wo man einen slawischen Dialekt spricht, werden einer einwandfreien österreichischen Bürokratie anvertraut, die jedoch deutsch spricht. Eine Welt der hohen Bürokratie, meist Aristokraten mit blonden Töchtern und Gouvernanten, mit Bösendorfer Flügeln und Alt-Wiener Porzellan und Biedermeier-Möbeln, die alles erlauben und die (mit mehr Stil jedoch) liberaler sind als die italienischen Irredentisten, und die gezwungen werden, hin und wieder etwas zu verbieten, wenn beispielsweise irgendeiner der zahllosen Sem Benelli nach Triest kommen will, um eine Demonstration für den Mangel an italienischem Taktgefühl abzulegen; die nur dann verhaften, wenn sie wirklich nicht anders können, ungemein irritiert, daß sie so etwas tun müssen – und dann gibt es große Skandale, Obskurantismus, Mittelalter, Anfragen im Parlament, es lebe die Freiheit. Und dieses friedfertige, wohlversorgte, gleichberechtigte Leben dauert bis 1914, zuletzt mit einem zusätzlichen Argument für Enthusiasmus: die schöne Erde von Tripolis, amore mio, welche unter dem Donner der Kanonen italienisch werden sollte.

Die Italiener hatten ihre Società Ginnastica, die Deutschen ihren Turnverein Eintracht, die Slowenen ihren Sokol und ihren Narodni Dom, alle schlugen sie ihre Kapriolen und rauften sich für ihr jeweiliges politisches Ideal, die Stadt fuhr fort, Geld zu scheffeln, die Unterdrücker machten es sich zur Pflicht, zu unterdrücken, die Unterdrückten ihrerseits machten es sich zur Pflicht, sich unterdrücken zu lassen.

Und plötzlich 1914: Sarajevo, der Begräbniszug mit den sterblichen Überresten Franz Ferdinands und seiner Frau zieht durch die Stadt, in der Schule ein paar Tage Ferien zum Zeichen der Trauer, ich bitte Gott den Herrn, daß man zwei Erzherzöge pro Monat umbringt; es folgen die acht oder zehn Monate der italienischen Neutralität, die Reichs-Österreicher kehren ins Reich zurück, ein Großteil der italienischen Familien geht nach Italien, die wehrpflichtigen jungen Männer überschreiten die Grenzen Österreichs, das so tut, als würde es sie nicht bemerken, dann Mai 1915, die Intervention, ich fahre nach Barcola mit einem Hauslehrer, der mir von der Rede D'Annunzios erzählt, vom Krieg, der nicht länger als drei Monate dauern kann, und von den Freiheiten, die wir in drei Monaten nach Beendigung des Krieges haben würden.

Bevor ich nun weitererzähle, versuchen wir einmal schnell zu kapieren, was diese Triestiner sind, was diese Triestiner Kultur ist, diese Stadt, von der man behauptet hat – und ihre Einwohner waren deshalb nicht beleidigt, im Gegenteil –, daß sie ein Schmelztiegel sei. Oberflächlich betrachtet würde ich sagen, daß Triest alles gewesen ist, außer ein Schmelztiegel: Der Schmelztiegel ist jener Ofen, in den man die verschiedensten Elemente hineinwirft, sie darin zusammenschweißt, und wo das, was anschließend herauskommt, aus einem homogenen Guß ist, wo alle Komponenten gleichmäßig verteilt sind und dauerhafte Eigenschaften haben; nun hat sich jedoch in Triest, soviel ich weiß, nie ein homogener Typus entwickelt bzw. ein Typus mit fortdauernden Eigenschaften (im Sinn eines typischen »Römers«, eines »Mailänders«, eines »Sizilianers«, den Du sofort erkennst, wenn er das Kaffeehaus betritt; versuche hingegen einen Triestiner zu erkennen, ohne daß er den Mund aufmacht!); es gab die Möglichkeiten zu dem, was die Italiener »Dialoge« (wenn diese chic sind) nennen, Begegnungen verschiedenster Art, Kontaktaufnahmen zwischen Elementen, die sich gewöhnlich nicht nahetreten, was jedoch dabei herauskam, waren bloß Versuche, Annäherungen, Gestalten, die nie völlig endgültig waren, Experimente Gottes, die an einem gewissen Punkt anlangten. Leute mit den verschiedensten Voraussetzungen, die versuchen müssen, das Unvereinbare zu vereinen, was natürlich nicht gelingt, und heraus kommen dabei seltsame Typen, Abenteurer der Kultur und des Lebens, mit den absonderlichsten und peinigendsten Unzulänglichkeiten, die bei einer solchen Anlage entstehen: Triest hatte (ich weiß nicht, ob noch immer) einen der höchsten Anteile an Tuberkulosekranken (die zweite Generation der in die Stadt gezogenen Slowenen), Wahnsinnigen und Selbstmördern in Europa. Wo sie »verschmelzen«, ist es physisch, und da kommen, wenn mit slawischem Blut vermischt, wunderbar robuste und harmonische Körper heraus. Da gesellt sich dann zur ursprünglichen slawischen Robustheit eine gewisse lateinische Verfeinerung: Was man in den Bädern von Triest sieht, ist schwer in anderen Bädern zu sehen – das sagen Leute, die weit mehr Strandbäder kennen als ich. In diesem Zusammenhang erinnere ich mich, daß bei einer Umfrage amerikanischer Journalisten (vor ca. 20 Jahren) über die sieben Wunder Europas (nach den unterschiedlichen Benzinpreisen in den verschiedenen europäischen Städten) die Körper der Triestiner Jugend zitiert wurden. Und wie es keinen einheitlichen Triestiner Typus gibt, so gibt es nicht einmal eine schöpferische Triestiner Kultur: Mit solchen Voraussetzungen ein homogenes Werk zu schaffen, wäre unmöglich gewesen. Aus diesen Gründen ist Triest ein hervorragender Resonanzboden gewesen (man darf außerdem nicht vergessen, daß es trotz gewisser kosmopolitischer Eigenschaften – die auch nur dann solche sind, wenn sie mit dem nichteuropäischen Niveau des italienischen Kleinbürgertums verglichen werden – eine kleine Provinzstadt mit 250.000 Einwohnern ist) und hat wirklich nichts hervorgebracht, was in irgendeiner Weise der europäischen Kultur ein neues Element hinzugefügt hätte (ich sage nicht, daß es nicht hie und da ein beachtenswertes Werk hervorgebracht hätte, aber unterschlage das Europa – und noch mehr der Welt – und Europa bleibt, was es ist …

In kultureller Hinsicht war das erste wichtige Ereignis in Triest der Mord an Winckelmann, eine unklare Sache mit homosexuellem Hintergrund. Danach wurden, vor mehr als hundert Jahren, von Ressel in Triest die ersten Experimente mit Schiffsschrauben gemacht. Später, im 19. Jahrhundert, bringt Triest wie jede Provinzstadt seine notwendigen Provinzintellektuellen hervor, Humanisten, Rhetoriker, die ihre perfekten Sonette und ihre perfekten Studien zur Lokalgeschichte geschrieben haben dürften, die jedoch heute nur dazu dienen, den Straßen Namen zu geben; oder damit man sich mit einem Mädchen unter ihrem Denkmal trifft; Triest hat einen Maler historischer Bilder hervorgebracht, Gatteri, und dann gab es dort einen gewissen Domenico Rossetti, der zu seiner Zeit seinen Einfluß gehabt haben dürfte, denn eine der längsten Straßen der Stadt ist nach ihm benannt, und er hat auch eines jener Denkmäler, die ich schon erwähnt habe; aber ich soll auf der Stelle erblinden, wenn ich, ein Triestiner und das, was man eine gebildete Person nennt, weiß, was er zu Lebzeiten getan hat oder warum er berühmt geworden ist. (…)

Und denk daran, daß auch alle ausländischen, in

Triest gelandeten Künstler zu jenen gehören, die man am wenigsten einordnen kann, jene seltsame Linie Burton Lever Joyce (Burton d'Arabia, damit wir uns richtig verstehen, der Übersetzer von »Tausend und Eine Nacht«) und Stendhal und Hamerling und die seltsame Kindheit von Feruccio Busoni. Was der Triestiner Kultur eine besondere Note verleiht, ist die Nähe des Schlosses von Duino, wo Rilke als Gast der Thurn und Taxis lebte und wo die Duineser Elegien entstanden und wo zur Jahrhundertwende die Schickimickis der europäischen Kultur vorbeikamen (und auch nach Triest einen Abstecher machten).

Die besondere Dissonanz, hervorgegangen aus zwei verschiedenen kulturellen Anlagen, kannst Du vor allem bei einem Triestiner Dichter sehen, Theodor Däubler, von dem Du gehört haben dürftest. Ein uferlos dahinströmendes kosmisches Kultur-Sehertum und andererseits ein Bedürfnis nach engen, kantigen Formen, und deswegen ein besonderes Kreischen, durch welches das Werk dieses Mannes fehlgeschlagen ist; eines Mannes, der doch einer der größten Visionäre gewesen ist, beinahe (beinahe) neben einen Blake oder Lautréamont zu stellen.

Und dann hat Triest noch ein anderes, interessantes Exemplar hervorgebracht: Italo Svevo, Triestiner Jude, erzogen in der Schweiz, von daher das Pseudonym – mit einem Werk, das meiner Ansicht nach einer der ganz wenigen lebendigen Beiträge war, welche die italienische Sprache Europa zur Jahrhundertwende gegeben hat. Und es scheint mir, daß die Jahrhundertwende – im Gegensatz zu dem, was üblicherweise gesagt wird, wenn man von Dekadenz spricht – der letzte europäische Moment war, in dem die Literatur (und vielleicht auch die Kunst) einen lebendigen Beitrag zur europäischen Kultur geleistet hat. Es ist der Moment von Van Gogh, von Nietzsche, Wilde, Strindberg, Jarry. Und in diesem Moment hat Italien nur Svevos Werk gegeben, das aber nicht jenen Widerhall finden konnte, den es verdient hätte und dem ein besonderes Pech innewohnt: zu differenziert, zu spitzfindig, zu sehr ins Detail gehend, um zur Zeit seiner Veröffentlichung verstanden zu werden; auf der anderen Seite, formal und von der Struktur her gesehen, von einer stilistischen Konventionalität, von einer, für das 19. Jahrhundert typischen steifen gaucherie (äußere Elemente, die jedoch stören), die es aber heutzutage sofort verdaulich machen. Triest ist also, auch wenn es keine großen schöpferischen Werke hervorgebracht hat, ein hervorragender Resonanzboden gewesen, eine Stadt von ungewöhnlichem seismographischem Gespür. Um das zu verstehen, muß man die Bibliotheken gesehen haben, die auf den Ständen der Buchhändler im Ghetto gelandet sind, unmittelbar nach dem Ersten Weltkrieg, als Österreich zusammenbrach und die Deutschen weggingen oder Bücher von Toten des Ersten Weltkriegs verkauften. Eine ganze, nicht offizielle Kultur, wirklich wichtige und völlig unbekannte Bücher, gesucht und mit Liebe gesammelt von Leuten, die diese Bücher lasen, weil sie ein echtes Bedürfnis nach diesen Büchern hatten. Diese Bücher hatte ich in Händen, durch sie entdeckte ich Dinge, von denen ich noch nie gehört hatte, doch ist das meiste, von dessen Wichtigkeit ich noch nichts ahnte, mir damals entschlüpft. Noch heute, wenn ich von Büchern höre, die völlig unauffindbar sind und die in den letzten zwanzig, dreißig Jahren aufgewertet wurden, und die ich nie mehr finden werde, erinnere ich mich, daß ich sie schon einmal in Händen hatte, daß sie auf den Bücherständen des Ghettos lagen, vor 30 Jahren, verstaubt, und im Begriff, in alle Himmelsrichtungen verstreut zu werden – für je eine, für je zwei Lire das Stück. Ich spreche von den Bibliotheken der Deutschen, der Offiziere der österreichischen Marine etc. Denn wäre die Sache umgekehrt gewesen, und wären die Italiener fortgegangen, so wären die Stände unter dem Gewicht von Carducci, Pascoli, D'Annunzio und Sem Benelli, umrahmt von Zambini und anderen Leuten, die Unglück brachten, zusammengebrochen. (...)

Aus dem Italienischen von Ilse Pollack

DAS SCHWEIGEN DER SIRENEN

Ilse Pollack über Bobi Bazlen

In seinem »Interview über Triest«, das als ein Herzstück für das Verständnis der widersprüchlichen Adriastadt gelten kann und wo der Bodensatz seiner in ihr verbrachten Lebenszeit in brillanten Paradoxa an die Oberfläche drängt, nimmt Roberto Bazlen die Zertrümmerung einiger hartnäckigen Mythen vor (daß er dabei auch Fundamente für einige neue schuf, dürfte wohl kaum in seiner Absicht gelegen sein).

Einer dieser Mythen ist noch heute der vom »Schmelztiegel«, der diese seinerzeitige Einwandererstadt par excellence gewesen sei. Wenn der Schmelztiegel jener »Ofen ist, in den man die verschiedensten Elemente hineinwirft, sie darin zusammenschweißt, und wo das, was anschließend herauskommt, aus einem homogenen Guß ist, wo alle Komponenten gleichmäßig verteilt sind und dauerhafte Eigenschaften haben«, so müsse ganz entschieden verneint werden, daß die Stadt Triest jemals einen solchen homogenen Typus hervorgebracht hat. Bei dem Versuch, Leute mit den verschiedensten Voraussetzungen »zu verschmelzen«, sind vielmehr seltsam hybride Typen herausgekommen, denen es selbstverständlich nie gelang, »das Unvereinbare zu vereinen«, und die sich deswegen »mit den absonderlichsten und peinigendsten Unzulänglichkeiten« durchs Leben schlagen mußten.

Die rastlose Unruhe, gepaart mit einer ebenso rastlosen Neugierde, die Bazlen zeit seines Lebens begleitete, mag genügsameren, sich in ihrer runden Homogenität sicher wiegenden Geistern als eine solch peinigende »Unzulänglichkeit« erschienen sein, soll sie doch letztendlich diesen so gebildeten Sohn Triests daran gehindert haben, wenigstens seine Variante des »Faust« zu schreiben – da an eine Fortsetzung der »Divina Commedia« ohnehin nicht zu denken war: Dieser *tedesco* hatte sich tatsächlich angemaßt, nicht in die Sprache Dantes verliebt zu sein!

Einer kam – für ihn war es der sonnige Süden –
Einer kam also, mit Schnurrbart und Schnurrbartbinde,
Hatte eine helle Stirne, darunter den hängenden Zwicker
Liebte Kinder, Orangen und hatte sonst festeste Grundsätze
Las Goethes sämtliche Werke und glaubte, sie seien von Paul Heyse
Gründete ein Handelshaus und kaufte sich einen Weihnachtsbaum.

Fand eine vor, die hatte eine harte Stirne,
Wußte um den Kampf ums Dasein und um die Wärme des Herdes
Liebte die Stille der Lampe, doch sechstausend Jahre Jehova
Hatten sie herb und gerecht und diplomatisch gemacht.

Zwei liegen, fast immer vergessen, irgendwo unter der Erde,
ein dritter, bei einem Glas Wein, denkt heute zufällig an sie.

Dieses Gedicht, das neben einer Reihe anderer solcher in deutscher Sprache – und einigen im Triestiner Dialekt – im noch immer nicht zur Gänze ans Tageslicht gelangten Nachlaß Roberto Bazlens ruht, ist ganz offensichtlich aus der Distanz der Jahre seinen Eltern gewidmet.

Als Wanderer aus dem Norden kam auch sein leiblicher Vater, Eugenio Bazlen, um die Jahrhundertwende aus Stuttgart nach Triest, wo er Clotilde Minzi ehelichte, deren Familie aus dem Zweig der Levi-Minzi zum jüdischen Kleinbürgertum der Stadt gehörte. Beide Eltern waren schon um die vierzig Jahre alt, als sie sich zu diesem schwerwiegenden und ernsten Schritt entschlossen. Bemerkt sei, daß Frau Clotilde ihrem Gatten zuliebe vor der Eheschließung zum lutherischen Glauben übergetreten war – doch verhinderte dies nicht, daß die Frucht ihrer ungleichen Verbindung in einem jüdisch-assimilierten Milieu aufwuchs. Umso mehr, als der evangelische Vater ein Jahr nach der Geburt seines Sohnes Roberto, 1902, plötzlich verstarb.

Giorgio Voghera, den mit Roberto Bazlen eine Freundschaft verband, die auch nach dessen Abwendung von seiner Heimatstadt Triest nichts von ihrer Herzlichkeit einbüßte, hat den Satz überliefert, mit dem Bazlen die seltenen Male, da er von seiner eigenen Person sprach, über seine Familiensituation zu scherzen beliebte: »Ich bin der Sohn dreier Mütter und eines Vaters, der nicht einmal mein Vater ist.« Tatsächlich wurde der kleine Bub gleich von drei Frauen – der leiblichen Mutter und ihren beiden Schwestern – wie ihrer aller Kind umsorgt; als eine seiner Tanten dann selbst heiratet, jedoch kinderlos bleibt, bekommt Bobi, wie er zu Hause und später von seinen Freunden liebevoll genannt wurde, in dem jüdischen Kaufmann Ignazio Hirsch gleich noch einen »angeheirateten« Vater hinzu. Nicht nur die Erinnerung an seinen deutschen »Erzeuger«, sondern auch die damaligen Usancen des jüdischen Bürgertums in Triest waren ausschlaggebend dafür, daß Bobi Bazlen deutsche Schulen besuchte – das waren zunächst die evangelische

Volksschule und anschließend das Realgymnasium. Als 1918 die deutschen Schulen in Triest geschlossen wurden, mußte Roberto seinen Schulabschluß im italienischen Gymnasium absolvieren, was nach dem Zeugnis von Aurelia Gruber Benco seine lebenslange Aversion gegen die italienischen Klassiker begründet haben soll. »Unser (d. i. der italienische) Unterricht war akademisch, der deutsche entschieden modern«; dank eines engagierten Professors mit dem Allerweltsnamen Mayer (immer wo Genies heranwachsen, gibt es einen solchen Professor) sollen die Schüler sogar mit den zeitgenössischen mitteleuropäischen Schriftstellern Bekanntschaft geschlossen haben, »von denen wir italienischen Kinder nicht einmal etwas ahnten«, schreibt diese Bewunderin Bobis in ihrem »Requiem« für den 1965 in Milano verstorbenen Freund aus Jugendtagen.

Nach dem einstimmigen Urteil aller verstorbenen und noch lebenden Zeitgenossen soll eine offenbar angeborene Kopflastigkeit schon dem Heranwachsenden monsterhafte Züge verliehen haben – durch seine Belesenheit und die Sicherheit seines Urteils stellte er selbst reife Jahrgänge in den Schatten.

Die Leidenschaft des Lesens – und von einer veritablen Leidenschaft muß hier gesprochen werden, ließ sie doch ihren Träger zu den Büchern ebenso warmherzige wie schroff-abweisende Beziehungen eingehen, als handelte es sich um lebendige Menschen – wird sich jedoch bald als schicksalshaft erweisen. Denn diese Leidenschaft, die ihn, nach eigenen Worten, bereits mit achtzehn Jahren das gemeinsame Element zwischen Salgari und Kant erkennen ließ, verweigerte sich ebenso früh jeder Zweckbestimmtheit. »Das Kind liest Salgari. Die Leute sagen, wenn es groß ist, wird es ein Gelehrter.« Wie jede Tätigkeit soll auch das Lesen von Nutzen sein – doch gerade dieser »Nützlichkeit« hat sich Bazlen wie kaum ein Zweiter zeitlebens hartnäckig zu verweigern gewußt. Lesen um des Lesens – und nicht um einer im wirklichen Leben wie immer verwertbaren »Kenntnis« willen –, das ist wahrlich schwer zu begreifen. Und deshalb nahm auch schon früh das Verhängnis seinen Lauf.

Daß man vom Lesen nicht leben kann, leuchtete dem besorgten Familienvater Ignazio Hirsch selbstverständlich ein – und dank seiner Beziehungen tat er alles, um seinen Liebling Bobi auf jenen Weg des Kompromisses zu schicken, den wir, hélas, nun einmal alle gehen müssen. Und Bobi machte, um den Onkel nicht zu enttäuschen, durchaus gute Miene zum bösen Spiel: Willig schrieb er sich in die Facoltà di Economia e Commercio ein (ohne sie freilich jemals zu beenden), willig tat er zunächst in der Triestiner Firma Emilio Reindl Dienst, willig begab er sich nach Genova, um dort bei einem gewissen Giulio Morpurgo das Einmaleins des Handels zu lernen – jedoch vergeblich. Die gutgemeinte Ausbildung zwecks Anhäufung von Geld zu Kapital stieß bei diesem abtrünnigen Sohn der dem Gott Merkur verschriebenen Stadt auf Stein.

In einem Brief an den späteren Nobelpreisträger Eugenio Montale, dessen dichterische Begabung er sofort erkennt und für dessen ersten Gedichtband »Ossi di Sepia« er in Triest unter Freunden und Bekannten Subskriptionen sammelt – was wohl einem Titanenkampf gleichkam bei dem »extremen Mißtrauen, das hier alle Leute gegen jegliche Art von Literatur hegen« –, räumt Bobi ein, »daß eine Arbeit in Handel oder Industrie viel anständiger (sei) als jene Arbeit in der kulturellen Unterwelt, die dich in Florenz erwartet«, rät dem Freund jedoch schlußendlich davon ab, eine solch »anständige« Arbeit anzunehmen, da sie ihn wohl zu viele Kräfte kosten werde.

Bazlen hegte zeit seines Lebens eine tiefe Abneigung

gegen jede Art von »Berufsliteratentum«. Und: In einem Alter, in dem andere davon träumen, den Parnaß der »Berühmtheit« möglichst bald zu erklimmen, hat er den Entschluß gefaßt, jener Eitelkeit zu entsagen, die auch darin besteht, den eigenen Namen gedruckt unter einem Artikel zu lesen: »Seid ihr verrückt geworden, mich als Mitarbeiter einer Zeitung haben zu wollen? Ich bin ein anständiger Mensch, der fast seine ganze Zeit lesend und rauchend im Bett verbringt, und der nur ab und zu ausgeht, um jemanden zu besuchen oder ins Kino zu gehen. Außerdem fehlt mir völlig der Sinn fürs Messianische und ich habe nie ein Bedürfnis danach verspürt, die anderen an meinen Ideen teilhaben zu lassen, schon gar nicht Leser von Zeitschriften. Wenn Ihr Hinweise braucht, Entdeckungen, Bibliografien etc., so helfe ich euch gern.« Diese großzügige Art, »den Samen, der in seinem einsamen Experimentiergarten gereift war zu verstreuen, ohne sich darum zu kümmern, welche Früchte daraus wurden« (Stuparich), hat Bazlen konsequent ein Leben lang eingehalten – auch als er später »Konsulent« für verschiedene Verlage wurde.

Im Triest der zwanziger Jahre war seine Literaturvermittlung zunächst fast ausschließlich auf den engeren Freundeskreis beschränkt: »Namen, die heute in aller Munde sind wie Lawrence, Gide, Faulkner, Valéry, Jessenin und Cocteau, O'Neill, Block, Eliot, Joyce und Hemingway: Namen, die so durcheinander aufgezählt heute niemanden erstaunen, die aber damals nur wenigen Eingeweihten etwas sagten, (…) in Triest hat Bobi Bazlen sie als erster bekannt gemacht und verbreitet. Ganz gewiß hat Bobi Kafka für Italien entdeckt. Und durch sein Verdienst zirkulierten damals Originalausgaben von Peter Altenbergs Prosa, die Gedichte von Georg Trakl und die physiognomischen Studien von Rudolf Kassner in der Stadt.« (Stuparich)

Ohne selbst je in Erscheinung zu treten, hat Bazlen in den zwanziger Jahren Italo Svevo regelrecht lanciert – seine Briefe an Montale, der seine Verbindung zur italienischen literarischen Außenwelt war, zeigen, mit wieviel Takt und Einfühlungsvermögen er dabei vorging und wie geschickt er die Familie Svevos (die nach dem Tod des Romanciers mit atemberaubendem Tempo zur musealen Verwalterin eines Schatzes wurde, dessen Gold sie zu seinen Lebzeiten freilich für Dreck gehalten hatte) dazu brachte, die richtigen Leute Einführungen zu Svevos Werken schreiben zu lassen, und nicht ehrwürdige, aber literarisch frigide Universitätsprofessoren.

Ebenso selbstlos setzte sich Bobi für unzählige Leute aus seinem näheren und ferneren Bekanntenkreis ein – so bemühte er sich beispielsweise, jenen Giuseppe Menasse als Übersetzer »unterzubringen«, der 1928 den ersten Kafka-Text ins Italienische übertrug – ja, sogar Umschlaggestalterinnen von Büchern waren ihm ein Anliegen.

Manche Väter ziehen es vor, sich durch frühen Tod der Enttäuschung zu verweigern, den geliebten Sohn auf ungewissen Lebenswegen dahinschlittern zu sehen: so auch Ignazio Hirsch. Durch sein Dahinscheiden erbte Bobi in jungen Jahren plötzlich ein beträchtliches Vermögen, das ihm nicht nur gestattete, eine Zeitlang weiterhin unbeschwert der großzügige Verschenker seines geistigen Kapitals zu sein, sondern die Phalanx seiner Freunde auch materiell zu unterstützen. Das Ende jener zweiten Art von Mäzenatentum war absehbar.

1934 verließ Roberto Bazlen Triest, um – außer zu wenigen unumgänglichen Anlässen – nie mehr dorthin zurückzukehren. Der radikale Bruch mit seiner Heimatstadt ist den Interpreten Gegenstand mannigfacher Spekulationen. Möglich, daß er der allumfassenden Umklammerung von Frau Clotilde endlich entkommen wollte; möglich, daß ihm, den seine Intelligenz auch auf eine diabolische Weise Menschen zusammenzuführen, mitunter wohl auch entzweien ließ, bei diesem Wirken der Boden unter den Füßen zu heiß geworden ist. Auch das »immer stärker von Nationalismus und Faschismus durchdrungene Ambiente der Stadt« (Voghera) dürfte das seinige dazu beigetragen haben, daß Roberto Bazlen Triest den Rücken kehrte. Er ließ sich vorübergehend in Milano und ab 1939 definitiv in Rom nieder.

»Keine Erde ist fein genug, sich darin zu verankern – aber eine Ankerstelle muß da sein«, heißt es im »Kapitän«. Diese Ankerstelle sollte fortan jenes Untermietzimmer in der Via Margutta in Rom sein, in dem Bobi, umgeben von Bücherstößen, seine Existenz als Leser fortsetzte, unterbrochen nur von finanziell notwendigen Arbeitspausen als Fremdsprachenkorrespondent bei diversen Firmen. Wie weiland Fernando Pessoa, zu dem es – trotz des fundamentalen Unterschieds – über die gemeinsame Lebensform hinaus verblüffende Affinitäten gibt, die nicht nur darin bestehen, daß der portugiesische Dichter in jungen Jahren eine »Ästethik der Abdankung« schrieb, wählte auch Bazlen eine (weil in keines der üblichen menschlichen Nester eingebettete) Existenz ohne Zukunft und ohne Vergangenheit.

Jeder in *seiner* Stadt mit den sieben oder noch mehr Hügeln (um deren Anzahl bekanntlich Lissabon mit Rom im Wettstreit liegt) lebte in einer Art innerer Emigration, wo »die Umwelt nur Staffage« (Kapitän) und die »menschlichen Aktionen farbige Friese« (Buch der Unruhe) sind.

»In einer Straße des Lateinischen Viertels im alten Rom, im ersten Stock eines alten Hauses ein Zimmer von wenigen Quadratmetern. Ein Diwan-Bett, zwei große Kästen, Regale vollgestopft mit Büchern, 2 Tische, 2 Schreibmaschinen: In diesem Zimmer verbrachte Bobi über 25 Jahre lang sein Leben. Als man ihm kündigte, weil das Haus abgerissen werden sollte, wurde er von Unruhe erfaßt; nicht weil er an den Dingen hing, sondern weil er vielleicht fühlte, daß ihm ein Fixpunkt fehlen sollte: sein Haus. In den letzten Monaten suchte er verzweifelt eine Bleibe. Er fand keine, die seinen Notwendigkeiten entsprach. Er mietete ein Zimmer auf dem Aventino, doch schlief er dort keine einzige Nacht.« (Ignazio Weiss)

Als Bazlen Ende 1964 die Kündigung überreicht wurde, beschloß er, ein Tagebuch zu schreiben, worin er als Datum jeweils die Nummer des Tages festhielt, die bis zu seiner endgültigen Delogierung fehlte: 100–99 etc. Dieses Tagebuch, eine Art Testament, wenn man bedenkt, daß dieser Count down auch zeitlich mehr oder weniger seinen letzten Lebensmonaten entspricht, ist, ebenso wie ein anderes aus der Zeit seiner Psychotherapie bei dem Jung-Schüler Franz Bernhard, bislang leider nicht zugänglich.

In ihrem Triest-Buch schreiben Claudio Magris und Angelo Ara, daß Bazlen gewissermaßen auch in den Grenzen einer »Kultur der bürgerlichen Neurose« befangen geblieben sei, »in einer kaschierten Teilnahmslosigkeit gegenüber dem ›guten Kampf‹, den während dieser Jahre andere Männer und andere Klassen kämpfen – einem Kampf, an dem teilzunehmen natürlich niemand verpflichtet ist, wenn es nicht in seiner Natur liegt, dem jedoch die Intelligenz bescheiden Rechnung zu tragen hat.« Obwohl die Verfasserin dieser Zeilen mit dem hier Gesagten nur einverstanden sein kann (wer ist es schließlich nicht), scheint ihr der moralische Zeigefinger nicht ganz zu Recht gegen Bazlens gesellschaftlich-politische Positionen gerichtet. Gewiß kann man bei Roberto Bazlen jenem tief eingeborenen Mißtrauen gegenüber der Geschichte bzw. jenen Männern (nur selten sind es

Frauen), die »Geschichte machen« begegnen – wie es nach einem Gemeinplatz für zahlreiche jüdische Intellektuelle dieses Jahrhunderts von Prag bis Triest charakteristisch ist. Unter Bobis »Notizen für einen Brief« (datiert mit Mai 1944), die an einen imaginären Briefpartner gerichtet sind, heißt es: »Du verstehst – es handelt sich nicht darum, die Geschichte zu leugnen – die Geschichte existiert – der Wert besteht darin, sie zu überwinden – die Geschichte (gestatten wir uns diese Abstraktion) wird (das ist keine fleischlose Idee) durch den geschichtlichen Teil in uns verwirklicht, das ist der hinfälligste, verschwommenste, am wenigsten kristallisierte – je vollkommener wir uns realisieren, desto weniger sind wir für ›die Geschichte‹ verfügbar, desto weniger nehmen wir an dieser unmittelbaren Aktivität teil. – Es sind die Gier, der Lebenshunger, das Mißverständnis, das unangemessene Streben in uns, die Geschichte machen: nicht die große Geste, welche verzichtend gewinnt, sondern die kleine Geste, welche sich sättigend gewinnt – wer Geschichte macht, wird niemals den Ruhm der Verwandlung haben, nur die Zufriedenheit der Sättigung, das Selbstgefallen, daß es ihm gelungen ist, sich durchzusetzen, die niedrige Begeisterung über die verwirklichte Rache.«

Im konkreten Fall bewahrte Bazlen dieses eingefleischte Mißtrauen gegenüber der Geschichte nicht nur davor, auf der Seite der jeweiligen Sieger zu stehen, sondern es ließ ihn in der heiklen Situation, in der sich Triest aufgrund des Zusammenstoßes mehrerer Nationalitäten befand, eine für seine Herkunft geradezu erstaunliche Position einnehmen. Während das jüdische Bürgertum fast einhellig irredentistisch, das heißt proitalienisch eingestellt war – was gleichzeitig eine antislawische Haltung automatisch miteinschloß –, hegte Bazlen zumindest in seinen Triestiner Jahren für Italien wenig Sympathie. Er war außerdem einer der ganz seltenen italienischen (jüdischen) Intellektuellen, die sich auch für den slowenischen Teil ihrer Heimatstadt interessierten (vor ihm wäre das Beispiel Angelo Vivantes zu nennen, dessen fundamentales Werk über den »Adriatischen Irredentismus« auch dem slawischen Anteil in und um Triest Rechnung trug) und dauerhafte, ein Leben währende Freundschaften mit Slowenen schloß. Dies hinderte ihn nicht nur persönlich daran, die Nation der *s'ciavi* ausschließlich als Lieferantin exzellenter Dienstboten zu betrachten (wie er die Beziehungen der italienischen Herren- zur slawischen Untertanenrasse in seinem »Interview über Triest« unübertroffen ironisch schildert), sondern gestattete ihm, die Produkte der fremden, Tür an Tür wohnenden Kultur kennenzulernen, ja sogar zu schätzen, bzw. sich ebenso selbstlos für sie einzusetzen, wie er es immer tat, wenn er von einem literarischen Werk überzeugt war. Als 1925 in einem Triestiner Verlag die italienische Übersetzung von Ivan Cankars »Hlapec Jernej in njegova pravica« erschien, schrieb er sofort an Montale: »Was die Reinheit der epischen Linie betrifft, ist dies eines der perfektesten Dinge, die ich kenne. Ich möchte gerne eine Besprechung von Dir darüber lesen.« Und Montale folgte, wie im Fall Svevos gern diesem »Befehl« und veröffentlichte noch im Herbst desselben Jahres in einer Turiner Literaturzeitschrift eine Rezension auf den Spuren von Bazlens Urteil.

Der Irredentismus bereitete in Triest jenen Boden vor, auf dem sich dann in den zwanziger Jahren Bazlens Generation willig vom italienischen Faschismus in Dienst nehmen ließ. Es besteht kein Zweifel daran, daß Bobi »von Anfang an Antifaschist war«, wie Giorgio Voghera bestätigt, doch mag gerne angenommen werden, daß auch bei Bazlen diese Haltung »keiner politischen Überzeugung« entsprang, wie es Voghera von sich beschreibt: »Es war kein Glaube, es war eine Allergie, die mir Tag und Nacht das Blut ins Gehirn trieb, und sie zeigte sich nicht (ich schäme mich das zu sagen, aber es ist die Wahrheit) in konkreten Handlungen. Es war nur Haß, Angst und eine seltsame Klarsicht, die mich die schlimmsten Katastrophen vorausahnen ließ (freilich noch allemal weniger arg als jene, welche dann tatsächlich eingetreten sind).« Ebenfalls dem Zeugnis Voghera zufolge soll Bobi in den zwanziger Jahren (als sich der kleine Kreis jüdischer Intellektueller in Triest als eine Art Refugium gegen den Faschismus leidenschaftlich mit der Psychoanalyse beschäftigte), der – bald als Fehler eingesehenen – Meinung gewesen sein, der Faschismus könne – im Gegensatz zu Italien – in Deutschland nie die Oberhand gewinnen. »Zu dieser Einschätzung trieb ihn seine große Bewunderung für einige linke deutsche Intellektuelle, deren Werke ihm, verglichen mit denen der (seiner Meinung nach) allzu schüchternen damaligen italienischen Linken umso bemerkenswerter erschienen.« (Voghera)

In Bobis »Note senza testo« (Notizen ohne Text), wie sich die italienische Auswahl seiner zum Großteil in deutsch verfaßten fragmentarischen Aufzeichnungen nennt, heißt es: »Die kleinbürgerliche Pyramide des Faschismus – alle haben Angst, entlassen zu werden, bis hin zur Spitze. M., der nur in Funktion seiner Karriere lebt.« Dies hört sich geradezu wie eine programmatische Inhaltsangabe der schmalen, das Klima dieser Jahre hervorragend wiedergebenden Erzählung vom »Direttore Generale« (Der Generaldirektor) seines concittadino Giorgio Voghera an.

Was nun die »Teilnahmslosigkeit gegenüber dem ›guten Kampf‹« betrifft, so wäre es jedoch vielleicht an der Zeit, dem Hinweis von Voghera nachzugehen, der da lautet: »Bobi, welcher der Politik gegenüber immer eher gleichgültig war, arbeitete später aktiv mit Leuten der italienischen Linken zusammen.« Daß er in Rom Kontakte zur Resistance hatte, geht – wenn auch indirekt – aus dem Romantagebuch hervor, das Fabrizio Onofri, ein gebürtiger Triestiner, der in den vierziger Jahren in Rom als junger Kommunist aktiv am antifaschistischen Widerstand teilnahm, 1948 unter dem Titel »Il Manoscritto« (Das Manuskript) und dem Pseudonym Sebastiano Carpi veröffentlichte.

Wenn man Bazlens Tätigkeit als Verlagskonsulent näher betrachtet, von der fast alle bedeutenden italienischen Verlage in der einen oder anderen Weise profitierten, so muß freilich festgestellt werden, daß sie – mit einer einzigen Ausnahme – im großen und ganzen ein gescheitertes Experiment war. Dies lag selbstverständlich nicht an Bobis Unzulänglichkeiten, die richtigen Bücher für diese Verlage aufzuspüren, sondern wohl an den nach anfänglicher Begeisterung zögernden und zaudernden Rückzügen der Verleger. Und dabei war es nicht die Ausnahme, sondern eher die Regel, daß ein Buch, das Bobi empfohlen hatte, erst Jahre – manchmal Jahrzehnte – später tatsächlich erschien.

Die Arbeiten als »Konsulent« sind dabei nicht als Beruf zu verstehen, der ihm ein gesichertes Einkommen garantierte, sondern als quasi natürliche Fortsetzung jener Tätigkeit, die er schon in Triest ausgeübt hatte: Seine Freunde von allen seinen literarischen Entdeckungen stets auf dem laufenden zu halten. Daß diese Freunde jetzt zufällig bei Verlagen angestellt waren, machte die Sache eher komplizierter.

Die dauerhafteste dieser literarischen Freundschaften verband Roberto Bazlen ganz gewiß mit Luciano Foà, den er 1937 in Milano kennenlernte. Foà, dessen Vater die erste literarische Agentur in Italien gegründet hatte, war damals 22, Bazlen schon 35 Jahre alt. Auch wenn die sich in der Folge entwickelnde Beziehung gewiß nicht in den Kategorien »Lehrmeister« und »Schüler« befangen blieb (»Sei kein Schüler, so hilfst du mir, nicht mehr ein Lehrer zu sein«, heißt es in den »Note senza testa«), so bestätigt das Zeugnis von Foà jene Begeisterung, die »der Schüler« eben wirklich nur einem wahrhaften Maestro gegenüber empfindet.

Bazlen, der auch für die schicksalhaften Koinzidenzen des Lebens eine besondere Spürnase entwickelte und sie in eigenen Notizbüchern zu notieren pflegte, kehrte 1941 auf Geheiß von Adriano Olivetti nach Milano zurück, um dessen Verlagsprojekt »Nuove Edizioni Ivrea« Konturen zu verleihen. Man arbeitete bereits für die Zeit »danach« und wollte gerüstet sein, nach dem absehbaren Fall des Faschismus all jene Bücher herauszubringen, die dieser den Italienern zwei Jahrzehnte lang vorenthalten hatte. Doch die politischen Ereignisse machten diesem ehrgeizigen Projekt, dessen vorbereitende Arbeiten Bazlen auf über 2000 losen Zetteln festgehalten hatte, ein vorläufiges Ende. Das Programm war megaloman genug gewesen, noch Jahrzehnte später diverse andere Verlage zu speisen ...

Bazlen überlebte die Zeit der deutschen Besatzung in Rom versteckt und begann unmittelbar nach Kriegsende, für den römischen Verlag »Astrolábio« gemeinsam mit seinem Psychotherapeuten Ernst Bernhard die Reihe »Psyche und Bewußtsein« vorzubereiten. Obwohl er der Meinung war, daß es »unmöglich sei, ins Italienische zu übersetzen« – weil die »zu früh verfestigte Sprache« nicht gestatte, »neue zivilisatorische Dimensionen einzuimpfen«, übertrug er damals selbst Freuds Klassiker »Die Traumdeutung« sowie zwei Werke von Jung ins Italienische. Für »Astrolábio« kümmerte er sich auch um eine Reihe »Orientalische Studien« und war gleichzeitig »literarischer Spürhund« (Stuparich) für mehrere Verlage.

Wie bei der Jagd so sind es auch im Verlagswesen nicht die Aufspürer, die sich später mit Trophäen schmücken. Wer je gesehen hat, mit welcher Liebe die wirklichen Jäger ihre Spürhunde schätzen, diese hegen und pflegen, kann allerdings nur verständnislos den Kopf schütteln, wenn er weiß, in welch prekären Verhältnissen hingegen die literarischen Spürhunde oft ihr Dasein fristen. »Um zu essen, muß er ständig Geschichten erzählen« heißt es im »Kapitän« ...

1951 wird Bazlen Verlagskonsulent bei Einaudi – eine Tätigkeit, die er für dieses wohl renommierteste italienische Verlagshaus insgesamt elf Jahre lang ausübte. Luciano Foà, der in dieser Zeit bei Einaudi angestellt war, meinte, daß die Tatsache, daß Bazlens unermüdliche Konsulententätigkeit in all den Jahren doch nur einige wenige damals veröffentlichte Bücher (darunter 1959 Musils »Mann ohne Eigenschaften«, Brochs »Die Schlafwandler« und Gombrowicz' »Ferdydurke«) fruchtete, u. a. darauf zurückzuführen sei, daß in den fünfziger Jahren das Klima des »Kalten Krieges« auch das italienische Verlagswesen wesentlich beeinflußt habe. Die frische Luft sei sozusagen erst Ende der fünfziger Jahre dort eingezogen – wenig später wird sich Foà, unterstützt von Roberto, dem Sohn von Adriano Olivetti, selbst an das Risiko eines eigenen Verlages auf dem Fundament von Bazlens lebenslangen Bemühungen wagen. Es ist bekannt, daß der Adelphi-Verlag noch heute die Handschrift dieses 1965 verstorbenen, wohl einmaligen »literarischen Spürhunds« trägt; ihm selbst war es nur mehr gegönnt, drei Werke der von ihm initiierten »Biblioteca Adelphi« – die auch graphisch von ihm angeregt wurde – in Händen zu halten, darunter die »Handschrift von Saragossa« des Jahre später international bekannt gewordenen Jan Potocki.

Es ist ein – auch von vielen engen Freunden überlieferter – Gemeinplatz, daß Bazlens literarische Vorlieben ausschließlich auf dem Kriterium der »Originalität« beruht haben sollen. Gewiß lassen sich hierfür die entsprechenden Zitate finden, so jenes berühmte von der »Erstmaligkeit« als Voraussetzung für den »Wert« eines literarischen Werkes. »Alles, was schon gewesen ist, ertrage ich nicht mehr«, heißt es an einer Stelle seiner »Note senza testo«. Doch hat Bazlen nie die Originalität um der Originalität willen gesucht oder geschätzt; aus seinen wenigen, quasi als Spitze eines Eisberges veröffentlichten, sehr persönlichen und niemals in eine angeblich vorgegebene »Gutachterobjektivität« abgleitenden »Lettere editoriali« (Verlagsbriefe) lassen sich vielmehr sehr solide Prämissen für den Wert – oder Unwert – eines literarischen Werkes ablesen. Das, was ein Schriftsteller für ihn zu sein hätte, umreißt Bobi einmal ausgerechnet anläßlich der Rezension eines Buches der nordamerikanischen Literatur (der er meist mit Mißtrauen gegenüberstand): »Er ist das, was ein Schriftsteller für mich sein muß: Er hat etwas zu sagen; was er zu sagen hat, ist erlebt, ist seines; er sagt es mit seinen Worten, mit klaren Worten; mit einer großen durchgehenden Dichte.« Ein Hauptwort, das Bobi stets in deutscher Sprache – in den ansonst auf italienisch abgefaßten Briefen – in die vorderste Linie schickt, ist »Substanz«. »Seine unerschöpfliche und fast adoleszente Liebe für alle wahrhaften Formen gelebten Lebens« (Fabrizio Onofri) speist auch den Anspruch auf eine durch gelebtes Leben verdichtete Literatur. (In diesem Zusammenhang sei der – selbstverständlich nie realisierte – Vorschlag einer autobiografischen Reihe, »Collezione dell'Io«, für Einaudi erwähnt). Bücher, in denen Bazlen nur Formkünstler am Werk sieht, lehnt er von vornherein ab. Ein besonders schwarzes Schaf ist ihm in dieser Hinsicht Thomas Mann – damals absoluter Modeautor –, gegen den er

Heinrich Mann bevorzugt. Wehe, er spürt in einem Text »das dämonisch-handwerkliche Vergnügen« auf, »den Satz zu bezwingen, und das Leben aus dem weißen Papier entstehen zu lassen, welches dann (siehe den beispielhaften Fall von Thomas Mann) in Form des schmutzigen Papiers zum Grabstein des wirklichen Lebens wird.«

Vernichtend fällt sein Urteil über Doderer aus: »Natürlich, die Leistung ist beachtenswert« (es handelt sich um die Leistung – auch dieses Wort wird bei ihm vorzugsweise auf deutsch zitiert – in Doderers »Dämonen«), »aber sie dient nur dazu, um eine absolute Abwesenheit der Substanz, das reine Nichts, zu kaschieren. Bei Doderer gibt es nur eine große, oberflächliche Eleganz, die die fundamentale Hybris nicht kompensiert, eine parasitäre Intelligenz und einen dämonischen Ehrgeiz. Er ist die Quintessenz alles dessen, was Karl Kraus zur Verzweiflung gebracht hat.«

Niemals hat sich Bazlen von literarischen Moden verführen lassen, wie dies am Beispiel des Nouveau Roman gezeigt werden kann. So schreibt er über das Buch »Le Voyeur« von Robbe-Grillet: »Als Substanz schien es mir ein unbedeutendes, beschämendes Fragment von Dostojewski oder der dänischen Dekadenten. Das ›Problem‹ der Gleichzeitigkeit von Zeiten und Räumen (was wahrscheinlich der Slogan wird, mit dem R. G. ›Karriere machen wird‹) wird ausschließlich auf der Ebene einer unreinen, kinematografischen Geschicklichkeit gelöst.«

Mit einer im Zeitalter der sogenannten Postmoderne und ihrer ins Uferlose ausartenden Inflation von »Avantgarden« geradezu prophetisch anmutenden Klarsicht hat Bazlen seinem Briefpartner Luciano Foà davon abgeraten, eine in den frühen sechziger Jahren aus Amerika herüberschwappende Mode zorniger junger Männer (»mit ihrem antipuritanischen Konformismus und ihrer durch die Erziehung der colleges und der amerikanischen *cultcher* im allgemeinen präfabrizierten Intoleranz«), die sich als Nachfahren der europäischen Dadaisten erklärten, zu importieren: »Der Dadaismus, mein lieber Luciano, ist eine große und einmalige Sache gewesen, die per Definition keine Geschichte haben kann. Er ist per Definition unwiederholbar, unnachahmbar. Er kann per Definition keine Schule haben, keine zweite Generation, keine verschobenen Ziele. Je mehr Zeit verstreicht, umso deutlicher wird man sich der Intensität, der genialen Ungeduld, der echten Gereiztheit jener jungen Männer bewußt, die in einem Raum lebten, in dem Äschylos und Goethe und der Kaiser, Dante und Racine und Jean Paul und Mallarmé und Cervantes und Hegel und Keats und Manzoni und Kant (das kann seitenlang so weitergehen) noch lebendig waren und erlebt wurden und alle zusammen eine lebendige Kultur bildeten. Wenn man nicht den Sinn dafür hat, was die Solidität dieser Kultur war, kann man niemals die geballte Ladung an Frevel verstehen, den Wert der Hohen Blasphemie jeder einzelnen *boutade*, jedes einzelnen Aufschreis der verschiedenen Huelsenbeck und Ball und Tzara und Schwitters.«

Die wenigen Verlagsbriefe, die in der italienischsprachigen Ausgabe der Bazlenschen »Scritti« vorliegen, lesen sich wie eine Art packende Anti-Literaturgeschichte, als Fortsetzung eines Gesprächs unter Freunden, wo der Briefschreiber rückhaltlos bewundert, wenn er gepackt ist und rücksichtlos verurteilt, wenn er gereizt ist oder sich langweilt. Die Spontanität, die Frische und Lebendigkeit, mit der hier die Leidenschaft des Lesers sich Bahn bricht, vermögen gerade in der heutigen Zeit, wo Bücher fast nur mehr durch zu PR-Managern einiger großer Marktleader herabgesunkene Kritiker aufgenommen werden, die mit der Regelmäßigkeit ankommender Schwalben bzw. abziehender Störche in den großen Magazinen für eine pseudoliterarische Öffentlichkeit die jeweils gleichen Bücher besprechen, eine salutäre Lektion zu sein. Über die gefährliche Position des Berufskritikers hat Bazlen sich an mehreren Stellen geäußert. »Der kritische Leser erschafft den Dichter, der Kritiker hemmt ihn.« Daß der in schöpferischen Fesseln liegende Ulysses über den Gesang der Sirenen ein öffentliches Urteil abgibt, erscheint ihm andererseits als Sinnbild eines Unheils, da es zu einem nur um Applaus heischenden literarischen Ehrgeiz verführt. »Ulysses und die Sirene: Und so entsteht die Kritik, und bald hieß es, daß die Sirenen aus X schlechter sangen als die Sirenen aus Y, und die Sirenen erfuhren es und wollten noch besser singen, und so kommt es, daß alle Sirenen mißtönen.« Daß einer anständigen Sirene in einem Chor ständig verstimmter Stimmen bald nichts anderes übrigbleibt als zu schweigen, liegt auf der Hand.

In seinem 1950 erschienenen Roman »L'Orologio«, der die unmittelbare Nachkriegszeit in Rom und die Schaffung eines neuen demokratischen Italien auf den Trümmern des Faschismus zum Thema hat, verleiht Carlo Levi Martino, dem Freund des Protagonisten (eines Zeitungsdirektors) Züge, die gemeinhin als Kennzeichen von Bobi Bazlen gelten. Dieses Bild hat in gewissem Sinn das Unverständnis gefördert, mit dem man der Tatsache begegnet, daß dieser doch so »brillante Geist« kein »Werk« geschaffen habe: »Martino (oh weh!) ist weder ein Dichter noch ein Maler, er kann weder Idole noch Monster erschaffen, sondern nur flüchtige Reden, die der Wind mit sich davonträgt. Vollkommener als jene, beobachtet und interpretiert er, und nichts anderes.« Daß der Wind jene Reden des genialen Interpreten davongetragen hat, mag angesichts der technischen

Möglichkeiten verwundern; doch leben wir leider nicht mehr in den Zeiten jener glücklichen Rabbiner, deren Worte, obwohl nur ausgesprochen, der sie umgebenden Zuhörerschar gleich wichtig wie das Geschriebene galten und deshalb auch ehrfürchtig von ihr aufgezeichnet wurden. Müssen wir jedoch wirklich nur den Schöpfern von Monstern und Idolen unseren Respekt zollen und die »großen« Menschen nur in jenen sehen, die ihre Gesammelten Werke (wenn möglich schon vor dem 30. Lebensjahr) veröffentlicht haben?

Eine Umfrage zum Thema »Vi sono grandi uomini viventi in Germania«, die Adriano Olivetti 1946 für seine Zeitschrift »Comunità« plante und für die er auch Roberto Bazlen um eine Antwort bat, nimmt letzterer zum Anlaß, um über den Begriff »grandi uomini« nachzudenken. Wer ist denn – einer allgemein verbreiteten Meinung nach – ein »großer Mensch«? Offensichtlich jener, der ein »großes Werk« vollbracht hat bzw. eines, das vielen nützlich ist. Und hier meldet Bazlen sofort seine Zweifel an: »Ein Mensch kann auch groß sein, insofern er einen neuen Typus verwirklicht, insofern er eine neue menschliche Beziehung schafft, vielleicht auch einzig und allein insofern er auf die gerechteste Art die kleinen Verwicklungen des Alltagslebens gelöst hat.« Was nun das große, von allen erwartete und gemeinhin auch für die Größe seines Platzes in der Gesellschaft als notwendig angesehene, verbreitete und bekannte Werk betrifft, so vertritt Bazlen die wohl ungewöhnliche Meinung, daß »die Größe eines Menschen auch im Verzicht liegen kann« und ... »im Schweigen.« Er gibt zu bedenken: »Wie viele Werke können zerstört worden sein, ohne daß wir davon etwas wissen (...), wie viele menschliche Typen können sich in der Einsamkeit oder unter dem endgültigen und konklusiven Unverständnis der anderen verwirklicht haben«, ganz zu schweigen von dem »Reichtum der menschlichen Beziehung, der sich vielleicht in einem engen familiären oder freundschaftlichen Kreis erschöpft hat.« Seine Antwort besteht daher nicht in der Aufzählung angeblich berühmter Namen (um einem beliebten Gesellschaftsspiel Rechnung zu tragen), sondern vielmehr in der berechtigten Frage: »Wie soll man einen Namen kennen, wenn die Größe im Schweigen besteht?«

Sein Mißtrauen gegen das (ab)geschlossene Werk hat Bazlen an zahlreichen Stellen zum Ausdruck gebracht – sein bekanntestes Zitat lautet: »Ich glaube, daß man keine Bücher mehr schreiben kann. Fast alle Bücher sind zu Bänden (volumina) aufgeblähte Fußnoten.« Wer die »Schriften« eines solchen Menschen posthum herausgibt, fühlt sich ganz offensichtlich verpflichtet, den Leser zu warnen – wie es denn auch Roberto Calasso im Vorwort zur italienischen Ausgabe der Bazlenschen »Scritti« tut: Was hier herausgegeben wurde, soll nicht als »Werk« Bazlens verstanden werden, sondern als »eine Gruppe von Aufzeichnungen, die von anderen zusammengestellt wurden, um ein Buch zu bilden.« So weit, so gut. Doch anders als Roberto Calasso es (wohl)vermeint, scheinen uns jene Fragmente, denen in der italienischen Auswahl der Titel »Notizen ohne Text« verliehen wurde, bisweilen mehr »Text« zu enthalten als so manche zu Bänden aufgeblähte formvollendete Prosa. In seinem mitunter gewiß paradoxen, doch dadurch an Schärfe nur gewinnenden Formulierungen zu (pêle-mêle) Themen wie Kunst, Literatur, Kino, Psyche, Ghandi, Christus, Italiener, Deutsche, Juden, Buddha, Tiere, Pflanzen, Mythologie etc. etc. ist der Text zudem keineswegs »immer irgendwo anders«, sondern sehr konkret im jeweiligen Fragment ein Sinn.

»Es gibt die Epoche der Prologe, die Epoche des Werkes und die Epoche der Epiloge.« Im Zeitalter der zunehmenden Spezialisierung gibt es nicht mehr »das Werk« – und auch die Epiloge haben in gewisser Weise ausgedient. Einer Welt, die in Scherben liegt, ist das Fragment die noch am ehesten entsprechende literarische »Form« (ohne daß dies freilich gleich zu einer neuen »Ästhetik« erhoben wird).

»Eine Literatur, die nicht den Veränderungen Rechnung trägt, die unsere Welt bestimmen, ist reine Folklore«, heißt es in den »Note«, und deshalb sind auch die angeblichen ewigen Werte, die sich die großen Wörter anmaßen, obsolet. »Das Übel ist,« (doch ist es wirklich ein Übel?) »daß jegliche Art von Homertum in einem Augenblick, in dem der Mensch kein Lebensbild mehr hat, mir (...) sehr grob gesagt, kriminell und ›reaktionär‹ erscheint.«

In diesem Zusammenhang erweist sich jedoch auch der Anspruch der Moderne, den Veränderungen in dieser Welt (»Die Welt ist weitergekommen, nicht jedoch der Begriff«) doch noch zu entsprechen, als suspekt, wie Bazlen in einem Beispiel anklingen läßt. »Joyce: Du sollst ein Leben lang mein Werk entziffern – der anständige Mensch: Du sollst eine Stunde lang über einen meiner Gedanken nachdenken.« Vor die Wahl zwischen den Gegensätzen, »die Organisation des Künstlichen (zu) entdecken« und/oder »Versuchen, das Essentielle zu leben«, gestellt, hat sich Bazlen zweifellos für das letztere entschieden. Der »Nicht-Kreative« hat immerhin die Chance, »sich in einer großen Figur (zu) verlieren.« Daher auch die Feststellung: »Allein die Tatsache, daß er ein Bedürfnis verspürt hat, ein Werk zu schaffen, spricht gegen die Vitalität dieses Individuums.« Nicht »Sterilität«, wie Freunde suggerierten und Feinde offen aussprachen, liegt der »Umgehung des Werkes« (Calasso) zugrunde, sondern eher die bewußte Wahl eines Menschen, der unter seinen »vier Geboten« auch folgendes aufgestellt hat: »Die Arbeit lieben – nicht die sklavische Schufterei – auch die Arbeit lieben, die in deinem Inneren gemacht wird – wähend du mit dem Bauch nach oben daliegst und dich erneuerst.«

Der erste Entwurf zu dem Text, den Roberto Bazlen verschiedentlich als »Schiffskapitän« bezeichnete und der von ihm in deutscher Sprache verfaßt wurde, findet sich datiert mit 3.–4. Oktober 1944, und umfaßt acht maschinengeschriebene Seiten. Luciano Foà berichtet, daß Bazlen ihm im Jahr 1950 mitteilte, sein »Kapitän« umfasse jetzt drei Bücher und laufe in drei verschiedene Richtungen. Wenig später waren es vier Bücher (wovon) »eines dahingleitet, daß es eine Freude ist.« Mehrere Freunde erzählen, daß das ursprüngliche Manuskript an die 400 Seiten umfaßt haben soll und daß sie bereits früh in den Genuß einer Lektüre durch dessen Autor gekommen seien. Es wird allgemein angenommen, daß Bobi bis zu seinem Tod mit seinem Kapitän beschäftigt war, den er im Lauf der Jahre nicht nur ständig »kondensierte«, sondern letztendlich unvollendet hinterlassen hat, vielleicht (auch) deshalb, »weil nichts in ihm je fertig sein konnte«. (Foà)

Stelio Mattioni, die letzte Triestiner literarische Entdeckung Roberto Bazlens, hat den »Kapitän« als »letzten Byzantiner« bezeichnet, der sich und damit den Leser auf die niemals abgeschlossene Suche nach den Steinchen schickt, aus denen das Mosaik seiner Darstellung zusammengesetzt sein könnte. Die Niederschrift dieses Textes beginnt zu jener Zeit, als Bazlen sich in eine Psychotherapie bei dem Jung-Schüler Ernst Bernhard begibt und ist zunächst gewiß der Überwindung seiner ganz persönlichen Mythen und Idiosynkrasien zugedacht. Erwähnt sei, daß in dieser ersten Phase nicht nur die Schrift, sondern auch die Zeichnung als ein solches Mittel von Bazlen eingesetzt wurde: In zahlreichen, künstlerisch Juan Miró verwandten, äußerst stilisierten Aquarellen hat Bazlen jene Elemente festgehalten, die sich auch durch den »Kapitän« wie ein roter Faden ziehen: der Orientale (als Gegengewicht zu einer abgewirtschafteten westlichen Zivilisation), die Robinsonsche Insel, das Kajütenchaos, die Bücher »vom Heiligen Buch bis zur modernen Physik«, die einander verschlungenen Sirenen auf der Suche nach der *einen* Frau (Antonio Machado: »im Meer der Frauen scheitern einige bei Nacht, viele im Morgengrauen«), die Flasche und das Glas mit Wein (unumgänglich für die »Durchquerung der Wüste«), die Zigarette, die grauen Männer in den unwirtlichen Städten usw. usf. Auf den Bildern wie im Text sind die Grenzen zwischen Traum und Wirklichkeit verwischt, das ständige Oszillieren zwischen entgegengesetzten Polen deutet an, daß immer mehrere Interpretationen möglich, jedoch keine endgültig ist. Der einzige Fixpunkt scheint ein ständiges Wandern ohne Ziel zu sein, das auch im Leser/Betrachter jenes Gefühl eines Schwebezustandes auslöst, in dem sich die Figuren des Bazlenschen Oeuvres befinden.

Als von Bazlen mehr oder weniger abgeschlossen kann der erste Teil des Romanfragments bis zum Schiffbruch des Kapitäns gelten (Seite 63 dieser Ausgabe); ein zweites Heft, von Bazlen selbst mit dem Buchstaben B versehen, umfaßt die verschiedenen Versionen jener Abenteuer, die der Kapitän nach dem Schiffbruch erlebt – bis zu seiner Rückkehr, Versöhnung mit seiner Frau und dem Entschluß, ein Buch zu schreiben; dem ist (ab Seite 160 dieser Ausgabe) noch ein Anhang beigefügt, der zum Teil neue Wege des Kapitäns entwirft, zum Teil Anweisungen für das erste Buch enthält (ausständige Lektüren, ergänzende Notizen, einzubringende Aphorismen etc.).

Nicht jeder muß ein klassisches Gymnasium absolviert haben, um den diversen Stationen diese Anti-Ulysses mit großem Vergnügen zu folgen, der, von fieberhafter Unruhe besessen, von Hafen zu Hafen und seine Frau in die Arme (bzw. an das Einbein) eines anderen treibt, sich mit beinahe verbissener Disziplin den Verlockungen diverser Sirenen aussetzt, vergeblich Ordnung in sein Leben (und damit in die Welt) zu bringen versucht, eine Zeitlang selbst zum Bewohner der grauen Städte wird und letztendlich nur durch heilsame Schiffbrüche immer wieder zu sich selbst findet.

In diversen fragmentarischen Aufzeichnungen hat Bazlen seinen Kapitän explizit als Anti-Ulysses konzipiert. Von Odysseus über Hamlet und Faust zur »experimentellen Situation des modernen Menschen«: Seine Problematik besteht darin, daß (ihm) »Ulysses nicht mehr genügt und er daher anstatt vorwärts zu schreiten, Nostalgie nach dem verlorenen Paradies des Polyphem verspürt.« (Hingegen der Kapitän: »Es gibt keine verlorenen, es gibt nur überwundene Paradiese.«) Während der Homersche Odysseus (noch) ein Ziel hat, das er unbeirrt verfolgt, und alles, was ihn dabei vom rechten Wege abbringen könnte, verabscheut bzw. zu umgehen versucht, ist der Kapitän für alles, was ihm durch Zufall über den Weg laufen könnte, offen, ja er sucht nachgerade die Gefahr, denn: »Alles, was uns entgegenkommt und das wir verstoßen, um einer anderen Sache zu folgen, wird nicht erlebt und lehnt sich gegen die andere Sache auf (...)«. Während Odysseus sich an dem Schiffsmast festbinden läßt, um nicht dem betörenden Gesang der Sirenen zu erliegen, begibt sich der Kapitän bewußt auf die Suche nach den Sirenen, die ihm die Freiheit zu verheißen scheinen.

»Nicht den dummen Satz: Odysseus ist der Kleinbürger ... sondern mit Odysseus beginnt jene Lebensform, deren degeneriertes Phänomen der Kleinbürger verkörpert ...«

Durch seine Haltung, »den Abenteuern auszuweichen«, würde der Homersche Odysseus auch Penelope zur Lebenssteifheit zwingen und sie zur Sterilität verdammen: »Nachts zu zerstören, was man tagsüber gemacht hat (und was natürlich immer das gleiche ist), ist wohl das Dümmste, was es gibt; Penelope ist die *Hausfrau*«. Sie muß »die Arbeit um der Arbeit willen tun, um der Versuchung zu widerstehen.« (Wie man weiß, kann Odysseus der Versuchung Kalipsos nicht widerstehen ... aber dafür gibt es dann seine Sehnsuchtstränen nach Penelope.)

Wie menschlich hingegen die Frau des Kapitäns! Bei Bazlen dürfen immerhin beide, Mann und Frau, den Versuchungen nachgeben und werden dadurch verwandelt – eine Voraussetzung, daß sie sich beide – gleichwertig – wiederfinden. Ihre Untreue ist daher in Wirklichkeit eine »Treue ohne Schuldgefühl« – denn »das gegenseitige Schuldgefühl bringt die Welt nicht weiter« ... Selbstverständlich haben nicht nur Homer, sondern auch Dante und Platon (und etliche andere) »Bildungsgüter« unseren Kapitän inspiriert, worauf von Bazlen selbst im Text und in den »Note senza testo« hingewiesen wird. Die Frauen führen ihn auf diesem seinen Weg »verso la vera vita« (Dante) in verschiedene Lebenssituationen, wobei dem Bazlenschen Waldmädchen nicht nur ein besonderes Gewicht, sondern auch eine besondere Komik verliehen ist, wenn aus dem Munde dieser Unschuld vom Land psychoanalytische Begriffe tönen ...

Es wäre gewiß müßig, wollte man den Anspruch erheben, durch das Dickicht der privaten, literarhistorischen und gesellschaftlichen Symbole, aus denen dieser Text gewebt ist, einen Weg zu bahnen, auf dem der Leser sozusagen bequem dahinschreiten kann. Ist das Scheitern des Kapitäns wirklich die Befreiung, als die sie verkündet wird? Bedeutet seine »Revolte« letztendlich nur den »kürzesten Weg in die Resignation« (Svevo), wie es die Idylle am (vorläufigen) Ende zu suggerieren scheint? Wie die Wellen des Meeres durch Ebbe und Flut ständig verschwinden und wiederkehren, bewegen sich die Sätze in diesem fragmentarisch gebliebenen Text ständig hin und zurück – ohne linear fortzuschreiten bzw. überwunden zu werden. Daher kann auch der Teppich der Interpretation, selbst an jenen Stellen, die sich dafür anzubieten scheinen, nie zur Gänze ausgerollt werden, ein Zipfelchen bleibt immer verborgen. Gerade das macht jedoch die Faszination des »Kapitän« aus, der eine Herausforderung für jeden darstellt, der so wie Bazlen gewillt ist, ein kreativer Leser zu sein.

INHALT